中华文化风采录

浩瀚经典宝库

繁荣的小说

胡元斌 ◎ 编著

北方妇女儿童出版社
·长春·

版权所有　侵权必究

图书在版编目(CIP)数据

繁荣的小说 / 胡元斌编著. —长春：北方妇女儿童出版社，2017.4（2022.8重印）

（浩瀚经典宝库）

ISBN 978-7-5585-0919-3

Ⅰ.①繁… Ⅱ.①胡… Ⅲ.①古典小说－介绍－中国　Ⅳ.①I207.41

中国版本图书馆CIP数据核字（2017）第054844号

繁荣的小说

FANRONG DE XIAOSHUO

出 版 人	师晓晖
责任编辑	吴　桐
开　　本	700mm×1000mm　1/16
印　　张	6
字　　数	85千字
版　　次	2017年4月第1版
印　　次	2022年8月第3次印刷
印　　刷	永清县晔盛亚胶印有限公司
出　　版	北方妇女儿童出版社
发　　行	北方妇女儿童出版社
地　　址	长春市福祉大路5788号
电　　话	总编办：0431-81629600
定　　价	36.00元

序言

习近平总书记说:"提高国家文化软实力,要努力展示中华文化独特魅力。在5000多年文明发展进程中,中华民族创造了博大精深的灿烂文化,要使中华民族最基本的文化基因与当代文化相适应、与现代社会相协调,以人们喜闻乐见、具有广泛参与性的方式推广开来,把跨越时空、超越国度、富有永恒魅力、具有当代价值的文化精神弘扬起来,把继承传统优秀文化又弘扬时代精神、立足本国又面向世界的当代中国文化创新成果传播出去。"

为此,党和政府十分重视优秀的先进的文化建设,特别是随着经济的腾飞,提出了中华文化伟大复兴的号召。当然,要实现中华文化伟大复兴,首先要站在传统文化前沿,薪火相传,一脉相承,弘扬和发展5000多年来优秀的、光明的、先进的、科学的、文明的和自豪的文化,融合古今中外一切文化精华,构建具有中国特色的现代民族文化,向世界和未来展示中华民族具有独特魅力的文化风采。

中华文化就是中华民族及其祖先所创造的、为中华民族世世代代所继承发展的、具有鲜明民族特色而内涵博大精深的优良传统文化,历史十分悠久,流传非常广泛,在世界上拥有巨大的影响力,是世界上唯一绵延不绝而从没中断的古老文化,并始终充满了生机与活力。

浩浩历史长河,熊熊文明薪火,中华文化源远流长,滚滚黄河、滔滔长江是最直接的源头,这两大文化浪涛经过千百年冲刷洗礼和不断交流、融合以及沉淀,最终形成了求同存异、兼收并蓄的辉煌灿烂的中华文明。

中华文化曾是东方文化的摇篮,也是推动整个世界始终发展的动力。早在500年前,中华文化催生了欧洲文艺复兴运动和地理大发现。在200年前,中华文化推动了欧洲启蒙运动和现代思想。中国四大发明先后传到西方,对于促进西方工业社会形成和发展曾起到了重要作用。中国文化最具博大性和包容性,所以世界各国都已经掀起中国文化热。

中华文化的力量,已经深深熔铸到我们的生命力、创造力和凝聚力中,是我们民族的基因。中华民族的精神,也已深深根植于绵延数千年的优秀文

序言

化传统之中，是我们的精神家园。但是，当我们为中华文化而自豪时，也要正视其在近代衰微的历史。相对于5000年的灿烂文化来说，这仅仅是短暂的低潮，是喷薄前的力量积聚。

中国文化博大精深，是中华各族人民5000多年来创造、传承下来的物质文明和精神文明的总和，其内容包罗万象，浩若星汉，具有很强的文化纵深感，蕴含丰富的宝藏。传承和弘扬优秀民族文化传统，保护民族文化遗产，已经受到社会各界重视。这不但对中华民族复兴大业具有深远意义，而且对人类文化多样性保护也有重要贡献。

特别是我国经过伟大的改革开放，已经开始崛起与复兴。但文化是立国之根，大国崛起最终体现在文化的繁荣发展上。特别是当今我国走大国和平崛起之路的过程，必然也是我国文化实现伟大复兴的过程。随着中国文化的软实力增强，能够有力加快我们融入世界的步伐，推动我们为人类进步做出更大贡献。

为此，在有关部门和专家指导下，我们搜集、整理了大量古今资料和最新研究成果，特别编撰了本套图书。主要包括传统建筑艺术、千秋圣殿奇观、历来古景风采、古老历史遗产、昔日瑰宝工艺、绝美自然风景、丰富民俗文化、美好生活品质、国粹书画魅力、浩瀚经典宝库等，充分显示了中华民族厚重的文化底蕴和强大的民族凝聚力，具有极强的系统性、广博性和规模性。

本套图书全景展现，包罗万象；故事讲述，语言通俗；图文并茂，形象直观；古风古雅，格调温馨，具有很强的可读性、欣赏性和知识性，能够让广大读者全面触摸和感受中国文化的内涵与魅力，增强民族自尊心和文化自豪感，并能很好地继承和弘扬中国文化，创造未来中国特色的先进民族文化，引领中华民族走向伟大复兴，在未来世界的舞台上，在中华复兴的绚丽之梦里，展现出龙飞凤舞的独特魅力。

目 录

萌芽初期——先秦小说
上古神话孕育小说萌芽　002
先秦寓言对小说的影响　006

初显雏形——六朝小说
012　志怪小说得到迅速发展
016　志人小说的形成与成就

发展成熟——唐代小说
唐传奇小说的形成与兴起　022
唐传奇小说的发展历程　026
唐传奇小说的风格和艺术　031

目录

深入演化——宋元小说
"说话"艺术兴起与繁盛　036
小说话本结构和题材内容　040

独立成体——明代小说
044　明代小说的兴起与发展
048　历史演义小说的兴起与繁荣
052　英雄传奇小说的兴起与繁荣
056　神魔小说代表《西游记》
060　《封神演义》及神魔小说
064　白话短篇小说的典范之作
067　世情小说里程碑《金瓶梅》

百花齐放——清代小说
世情小说的顶峰《红楼梦》　072
文言小说的高峰《聊斋志异》　077
武侠公案小说发展及成果　082
谴责小说的兴起和代表作　086

萌芽初期 先秦小说

远古时期，原始先民用简陋的工具改造着世界，他们在社会实践中，创造出上古神话。神话内容涉及自然环境和社会生活的各个方面，以故事的形式表现了他们对自然、社会现象的认识和愿望。这些上古神话成为后世小说叙事的源头，它们具备了人物和情节这两个小说的基本元素。

上古神话之后，先秦时期的寓言故事、史传文学以及各类传说等也成为后世小说叙事的源头，并且有了进一步的发展，那个时候的成熟寓言故事已经有了比较完整的结构、人物形象和历史背景，这些都为后世小说的成熟奠定了有利的基础。

上古神话孕育小说萌芽

浩瀚宇宙，变幻莫测，有时风和日丽，晴空万里；有时狂风暴雨，电闪雷鸣，还有，地震、洪水、火山爆发也经常不期而至，原始先民无法解释这多变的世界，更没有能力改变。

在大自然的"狂怒"面前，人们战战兢兢，不知所措。自然而然，人们开始对自然产生了恐惧心理，幻想出世界上存在种种超自然的神灵和魔力，继而对强大的自然力顶礼膜拜，崇敬非常。同时，他们又渴望了解自然、认识自然，于是在这种矛盾的心理和迫切的愿望下，神话传说应运而生了。

我国的上古神话可以分为4类，一类是创造神话，一类是自然神话，一类是英雄神话，还有一类是异域异人异物神话。创造神话包括开天辟地创造世界、人类和日月星辰的出现等神话；自然神话是原始时期的人们对于自然界和自然现象幻想化的解释。

英雄神话反映人类对自我的认识和反思，它以征服自然或在社会斗争中为本民族创造出业绩的英雄故事为神话主体；异域异人异物故

■ 女娲补天塑像

事是关于外国的神话传说，多记载在《山海经》中。在各类神话中，以盘古开天辟地最为有名。

这个神话反映了我国先民对宇宙起源的原始探索，说在太古的时候，天和地是没有分开的，天地混为一个球形。在这个巨大的球形体内，有一个名叫盘古的巨人，他一直在用他的斧头不停地开凿，努力把自己从这个球体中解脱出来。

经过一万八千年的艰苦努力，盘古挥出最后一斧，只听"砰"的一声巨响，巨球分开为两半。盘古头上的一半巨球化为气体，不断地上升。脚下的一半巨球则变为大地，不断地加厚，宇宙从此开始有了天和地。

就像关心宇宙的起源一样，人们对人类自身的起源也有极大的兴趣。而有关人类起源的神话，首推女娲补天的故事。蛮荒时代，天崩地裂，洪水滔滔，女

女娲《史记》中称女娲氏。生于陇西成纪，今甘肃天水市，所处时代约为旧石器时代中晚期。女娲是古代传说中中华民族人文始祖，是神话中的创世女神。女娲人首蛇身，以泥土造人，创造了人类社会并建立婚姻制度。因世间天塌地陷，于是熔彩石以补天，斩龟足以撑天，留下了女娲补天的神话传说。

娲为救万民挺身而出，炼石补天，终于把天补全，避免了洪水之祸，给人们创造了一个美好的家园。这个神话不仅反映出了原始先民的宇宙观念，更重要的是歌颂了女娲敢于同自然作斗争的行为。

上古神话中，还有很多英雄人物以顽强的意志与自然灾害展开不屈不挠斗争的故事，比如后羿射日、大禹治水、精卫填海、夸父逐日等。这些神话中的神和英雄都具有不怕牺牲、百折不挠的奋斗精神。

■ 精卫填海塑像

上古神话传说还反映了氏族社会末期，各部族间的斗争以及有关发明创造的内容，如神农氏发明农具和制陶、冶炼、医药、种植等技术；燧人氏钻木取火；仓颉发明文字等。这些神或英雄的发明创造，反映了原始人的伟大创造力。

这些奇妙美丽的神话传说文学意味浓厚，为小说的孕育萌芽作了最基本的准备。这一时期的神话传说已基本具备了小说所要求的故事情节和人物形象，虽然还比较单一模糊，但已同小说十分接近。

比如"盘古开天辟地"里，盘古死后眼睛化作天上的太阳和月亮，头发变成满天的星星，骨骼化作大山，血液成为江河，皮肤变作土地。神话中反映出来

上古神话 广义的上古神话，指夏朝以前直至远古时期的神话和传说，狭义的上古神话则包括夏朝至两汉时期的神话。因为上古时期没有当时直接的文字记载，那个时候发生的事件或人物一般无法直接考证。上古神话是原始先民在社会实践中创造出来的，它的内容涉及自然环境和社会生活的各个方面。

的英雄形象特征，无论是盘古、女娲，还是后羿、夸父，都是以英雄形象留存在人们的心中。

上古神话传说有着丰富的想象，引人入胜，具有最初始的浪漫主义元素。如"精卫填海"：一只白喙赤足的美丽鸟儿，在火红晚霞的映衬下，频繁地往返于东海与西山之间，永不停歇地想把东海填平。

这个神话不仅体现了原始先民敢于同大自然作斗争的气魄以及远古人民征服水患的愿望和不屈不挠的斗争精神，同时，作品更高度赞扬了百折不回、勇于牺牲的精神，极具浪漫主义色彩。

上古神话中神奇奔放的幻想和理想化的夸张，同样深刻地影响了后世小说的创作，它的关于神灵变化的观念和表现形式，为志怪小说奠定了幻想的基础。

上古神话传说的一些故事和题材成为后世小说创作的不竭源泉。神话传说中的一些特征，对后世小说的风格也产生了深远影响。此时的一些故事情节、叙事方法直接影响到魏晋南北朝时期志人志怪小说的取材与手法。

阅读链接

我国古代没有记载神话故事的专著，神话材料只是保存在诸多古籍中，比如《楚辞》《淮南子》《山海经》《庄子》《列子》《穆天子传》等，其中以《山海经》保存最多。

《山海经》传世版本共计18卷，包括《山经》5卷，《海经》13卷，其中14卷为战国时期作品，4卷为西汉初年作品。《山经》包括南山、西山、北山、东山、中山经各1卷，合称《五藏山经》，简称《山经》。

《山海经》保存了包括夸父逐日、女娲补天、精卫填海、大禹治水等大量脍炙人口的远古神话传说和寓言故事。此外，还涉及地理、历史、宗教、民俗、物产、医药等方面的内容，是一部古代生活的百科全书。

先秦寓言对小说的影响

随着不断流传,上古的一些神话传说逐渐演变成一则则寓言故事被记载在众多的先秦史籍中,成为先秦寓言重要的组成部分。

此外,先秦寓言中还有一些历史传说和作者创造、虚构的故事。

庄子梦蝶

历史传说，《韩非子》中用得最多，有一定的史料价值。创造、虚构的故事，《庄子》中大量存在。这类寓言瑰丽奇异，最富有文学色彩。

先秦寓言和神话传说关系十分紧密，《庄子》中关于浑沌、黄帝、尧、舜、羿等的刻画，都采用了神话的题材；《韩非子》"师旷鼓琴"中用夸张手法塑造的形象，与神话里征服自然的英雄是类似的；寓言中的狐、虎、猿、狙、鹬、蚌、魍魉、蛙、鳖、栎树、髑髅与神话中日、月、山、川、风、云的拟人化，都是一脉相承的。

■ 韩非子画像

寓言是寄托着深刻思想意义的简短故事。"寓"是寄托的意思，作者把自己认为正确的道理、有益的教训，通过虚构的简短故事加以譬喻，让人们从故事中领会这些道理。其特点是短小精悍而富于讽刺性，给人以启迪。

先秦诸子百家争鸣，许多思想家、政治家常借助一些浅显生动的寓言来论证自己的某个观点或某种思想。寓言主要散见于先秦诸子散文和历史散文中，如《孟子》《庄子》《韩非子》《战国策》等。

在先秦诸子的文章中，寓言不是单独的存在，而是作者议论中的一个有机组成部分。它或者作为譬喻，使所讲的道理浅显易懂，悦耳动听；或者作为寄

《孟子》 记述战国时期思想家孟子思想、言论和事迹的著作。《孟子》一书共有7篇传世，其学说的出发点为"性善论"，提出"仁政""王道"，主张德治。对后世研究儒学和孟子有着重要参考价值。

■ 寓言叶公好龙图

托，把要说的道理，通过寓言中的形象表达出来；或者作为论证，用寓言中所说的事情证明文章的观点。

寓言在艺术上主要有4个特点，一是故事性；二是虚构性；三是形式短小；四是有哲理性。

寓言的故事性和虚构性受到神话传说的影响，但是寓言的虚构和神话传说的虚构不同，寓言的虚构有着明确的说理目的，是一种自觉的创造和虚构，而神话的虚构有着不自觉性。寓言的虚构使它更接近于小说，对小说产生的影响更为直接。

先秦诸子的很多散文都是哲学著作，蕴含的哲理比较抽象，乃至深奥玄妙。而寓言以其具体性和形象性，有助于人们理解和接受其论点。

庄子的人生哲学之一是主张无用之用，一般人很难领会。但他用了许多饶有趣味的寓言故事，反复地

先秦诸子 周王室东迁以后，学术重心由王官逐渐移向民间，自老子、孔子以后，一时大思想家辈出，如墨子、孟子、庄子、荀子、韩非子等，皆能著书立说，而成一家之言，后世称这些思想家为"先秦诸子"。先秦诸子学说在中国思想史上占有崇高地位，后世思想学派莫不渊源于此。

加以说明。例如,以"浑沌凿窍"阐明必须顺应自然,以"庄周梦蝴蝶"说明人生如梦等,使哲理的文章诗意化,免于枯燥、深奥、抽象。小说也借鉴了这种方法。

先秦寓言大多以讽刺为手法,针砭时弊,初读觉得荒唐可笑,读后却发人深省,所以先秦寓言有着揭示道理、鞭挞劝诫的目的和作用。如"守株待兔""刻舟求剑""画蛇添足""揠苗助长"等为人们耳熟能详的寓言,大多采取讽刺手法,指斥现实生活的荒唐可笑,这对后世的讽刺小说具有十分重要的影响。

虚构故事是小说的文体特点之一,是其区别于叙事散文的关键所在。寓言以虚构为手段设置故事情节,对小说创作有着重要的启发。

如《庄子·秋水》虚构了河伯与海若对话的故事,揭示了人在宇宙苍穹间的微小这一主旨,从而告知人们遇事待人要谦虚谨慎,切勿妄自尊大。而小说虚构与此有异曲同工之妙。

寓言故事不但具有讽刺性、幽默性,还颇具趣味性。寓言的主人

寓言鹬蚌相争图

公常常是拟人化了的事物。

例如，河伯与海若在寓言中成了能进行哲学探讨的"哲人"，以无知喻有知。

《狐假虎威》中，它的主人公是能和人一样思考、说话，甚至比人更要狡猾的动物。而小说的成功之处也在于以其独特的构思和情节来引发读者兴趣，从而达到其寓教于乐或其他的目的。

寓言的题材也常常为后世小说所继承。魏晋六朝的志怪小说中，很多题材都是取自先秦的寓言故事。

例如，《庄子》中记述鬼怪异事的许多寓言，是魏晋一些志怪小说的鼻祖。小说陆判为朱尔旦换心的故事，也是从《列子·汤问》中扁鹊为鲁公扈赵齐婴易心的故事蜕变而来的。

由此可见，先秦的寓言故事与小说有着紧密的联系，对小说的形成有着功不可没的贡献，更是小说发展的重要渊源。

阅读链接

神话与寓言关系紧密，《庄子·逍遥游》有鲲化为鹏的寓言："北冥有鱼，其名为鲲。鲲之大，不知其几千里也。化而为鸟，其名为鹏。鹏之背，不知其几千里也。怒而飞，其翼若垂天之云。是鸟也，海运则将徙于南冥。"

意思是在那很北很北的北面，有一片大海。海中有一种鱼，它的名字叫鲲。鲲很大很大，说不清楚有几千里。后来变成了一只鹏鸟。这只鹏很大很大，它的脊背，说不清有几千里。有一次鹏鸟发了怒，振翅而飞，翅膀像是遮天的乌云。这只鸟啊，在海上飞翔，是要飞到南海去。

这个寓言与上古神话中大禹变成巨熊治理水患的传说一脉相承，有着不可分割的关系。

初显雏形

六朝小说

　　六朝是指魏晋南北朝6个朝代，是我国古代小说迎来的第一个高峰阶段。两汉时期，虽然出现了一些初具规模的志怪小说，仅仅是具备了小说的某些形式特征。

　　我国古代小说有两个系统，即文言小说系统和白话小说系统。魏晋南北朝时期的小说属于文言文小说，也可以统称为笔记体小说，其特点是采用文言，篇幅短小，记叙社会上流传的奇异故事、人物逸事或其只言片语。

　　魏晋南北朝小说虽然还不具有成熟形态，但在故事情节叙述、人物性格塑造等方面都已初具规模，作品数量也已相当可观。

志怪小说得到迅速发展

先秦时期的神话传说和宗教故事以及地理博物传说孕育了志怪小说的萌芽,到魏晋南北朝时,志怪小说得到了迅速发展。魏晋南北朝时期的志怪小说,数量极其庞大,内容相当复杂,表现出较高的质量层次,其作品想象力丰富,情节曲折,人物形象丰满,语言优美。

宗教故事绘画

在先秦时期，我国就盛行卜算和方术，当时人们的很多事情做与不做以及怎样做，都要取决于卜算和方术，这两种活动似乎已经左右了当时人们的生活。秦汉以来，当权者极力倡导求仙得道的思想，一时间，人们对得道飞仙充满向往，趋之若鹜。到东汉后，这种信仰情况更加复杂。

一方面，佛教从外传入，并逐渐立足，取得人们的信任。另一方面，我国的本土宗教道教也兴起繁盛起来，人们信奉鬼神的信念由此更加坚定。这就为志怪小说的诞生提供了肥沃的土壤。

■ 志怪小说插图

进入魏晋南北朝以来，社会动荡，人们要为自己编织一个理想的天国，以寻求精神的安慰和心灵的解脱。此时，志怪小说无疑适应了这种心理需求，因此得到了极大的发展。

还有，魏晋南北朝时期谈风盛行，所谈内容由品评人物、清谈玄理扩展到讲故事。这为各种传说、故事的编造、搜集、汇编、流传等提供了良好条件，对志怪小说的创作更是意义重大。魏晋南北朝志怪小说题材广泛，内容驳杂，大概可分为3类，一类是神仙鬼怪类。这类小说多鬼神异事，又以鬼的故事为多。

第二类是地理博物类。这类志怪小说直接继承

方术 我国古代用自然的变异现象和阴阳五行之说来推测、解释人和国家的吉凶祸福、气数命运的医卜星相、遁甲、堪舆和神仙之术等的总称。方术的出现与古代落后的生产力和科技水平密切相关。

干将莫邪塑像

了先秦时期地理博物类著作中带有志怪的传统，又在两汉一些志怪小说的基础上进一步发展。这类小说多记述山川地理、远方异物，多琐碎简短，穿插了大量的神话传说，自成一派，对后世影响深远。

第三类是宣扬宗教类。这类志怪小说一是佛教徒宣扬生死轮回，善恶报应，佛法无边；二是道教徒宣扬长生不老、修炼成仙。它们都新颖动人，想象力丰富，构思奇特。

魏晋南北朝志怪小说蕴含着极其丰富的社会内容，有些反映了人们见义勇为和英勇反抗的精神。《搜神记》是一部记录古代民间传说中神奇怪异的故事小说集，搜集了古代的神异故事共400多篇，开创了我国古代神话小说的先河，作者是东晋史学家干宝。其中大部分故事在一定程度上反映了古代人民的思想感情，是集我国古代神话传说之大成的著作。

李寄斩蛇出自《搜神记》，写以前东越国有一条大蛇，为祸一方，地方官吏束手无策，听信巫祝神蛇之说，每年送一女孩喂蛇。将乐县有一百姓名叫李诞，家里有6个女儿，没有儿子。他的小女儿名寄，要应征前往。最后李寄访求好剑和会咬蛇的狗，将蛇杀死了。李寄斩蛇的胜利，反映了她敢于斗争的胆略和善于斗争的智慧。

有些志怪小说热情歌颂了纯真美好的爱情，《紫玉韩重》写吴王夫差的小女紫玉与韩重相爱，因父亲反对，气结而死。她的鬼魂与韩重同居3日，完成了夫妇之礼。故事的情调悲凉凄婉，紫玉的形象写得很美。

魏晋时期的志怪小说还不属于有意识的文学创作，叙事多，描写少，不精心刻画人物形象，一些故事虽以离奇取胜，但情节又往往很简单，然而一些优秀作品在艺术上也取得了很大的成就。

一些志怪小说加强了故事的完整性和丰富性，开始注意避免平铺直叙，追求情节波澜曲折，代表作品有《干将莫邪》《李寄斩蛇》等。一些描写妖魅神怪的小说在离奇曲折情节的基础上，还常常赋予被描述对象以人性和可感的音容笑貌，用写人的手法来写鬼神妖魅，富于人情味和生活情趣，令人兴味盎然，给人以丰富深刻的感受。

魏晋时期一些志怪小说已初步注意了对场面、人物动作、人物语言进行细节性的描写和渲染，以衬托人物性格。

《搜神记》的《干将莫邪》和《韩凭夫妇》中也都有关于人物语言和行动的细节描写，这对塑造人物形象帮助极大。

阅读链接

魏晋南北朝的志怪小说在我国小说史上有着十分重要的意义。唐代传奇就是在它的基础上又接受史传文学的影响而发展起来的相当成熟的文言短篇小说。

同时，魏晋南北朝志怪小说为白话长短篇小说、戏剧提供了丰富的神怪故事的素材。

宋人平话如《生死交范张鸡黍》《西湖三塔记》出自《搜神记》相同题材的故事；明长篇小说中的《封神演义》《三国演义》吸收了《搜神记》的若干材料；关汉卿的《窦娥冤》，汤显祖的《牡丹亭》《邯郸记》是《东海孝妇》《庞阿》《焦湖庙祝》的进一步发展。

另外，志怪小说在艺术想象和表现手法上为后代小说积累了一定的艺术经验，一直给后代小说以深刻的启示和影响。

志人小说的形成与成就

魏晋南北朝时期,志怪小说获得了迅速发展,并取得了一定的成就,这个时期能与志怪小说并驾齐驱的只有志人小说,志人小说主要记述人物言行和记载历史人物的传闻轶事。

刘义庆

志人小说与志怪小说的本质区别在于志人小说是以人间故事、世俗生活为表现对象的。是借神话传说、寓言故事和史传中记载的人物言行片断等手段,不断发展而成就自我的,这些志人故事虽短小,却也传神动人。

首先,志人小说是先秦寓言故事、史传文学影

■ 年画冷宫救昭君

响的结果。这些寓言故事和历史散文中一些关于人物言行举止、行为琐事的描写，深深地根植于魏晋时期许多文人心中，文中描写的高超艺术手法也为魏晋六朝文人所借鉴。

其次，魏晋南北朝的社会情况也有利于志人小说的发展。魏晋南北朝时期，士人崇尚清谈，喜欢品评人物，实际上是受东汉时期的影响。东汉中期，士人之间，多重"品目"。所谓品目，就是品评、衡量人物的优劣高下，品评标准就是人物的言谈行为。

当时的朝廷凭借议人取士，就是重视人物评议，凡被称誉的人，均可以获得"孝廉""贤良"之名，被朝廷征用，以此步入仕途，所以一句话就可能决定一个人的成败与否。而那些没有得到"孝廉""贤良"之名的人则很难进入仕途，甚至会遭人唾弃。这种风气盛行的同时，也使得士人的各种琐事轶闻流传一时，这就为志人小说提供了非常重要的素材。

■ 司马相如和卓文君石刻

　　进入魏晋南北朝时期，文人名士用老子和庄子的思想来解释儒家经义，他们抛弃所有事务，只谈玄理，这就是"清谈"之风。文人名士将这些品评人物和清谈言辞收集整理，编撰成书，就是志人小说。

　　志人小说的主要内容是记述人物言行和琐闻轶事，按其内容大致可以分为3类：笑话、琐言、轶事类。因为这时期的志人小说有很多都是琐言与轶事兼载并记的，所以常将二者合为一点阐述，称为"琐言轶事类"。

　　笑话类志人小说多讲述幽默诙谐并带有讽刺意义的小故事。先秦寓言、两汉的史传中就包含了许多笑话类的故事。笑话作为一种文学体裁，是用生活中荒诞且不合常理之事来提示矛盾，启迪思想，使人们从中受到教育，正所谓将教育蕴藏在娱乐当中。

　　我国的笑话来自民间，民间笑话的第一次搜集、整理并编撰成书，是由三国时期魏国书法家邯郸淳完成的，他的著作《笑林》是我国笑话类小说的首部，也是第一部志人小说。《笑林》所收的民间笑话反映了一些人情世态，生动有趣，对后世具有重大影响。

琐言轶事类志人小说是志人小说的主体，其内容要比笑话类志人小说丰富许多，其中有记述东晋至南北朝文人名士的言语及琐闻轶事的；有记述当时上层妇女言行品德，讽喻其妒忌行为，提倡无嫉之德的。这类小说主要有《语林》《郭子》等。

此外，还有载录具有小说意味的民间故事的；也有描述野史性质的短小故事的；更有记录当时名人士族的玄妙清谈、怪异嗜好及各类遗闻轶事，从而表现他们的人生态度、文化趣味的。这类小说的代表作是葛洪的《西京杂记》。

《西京杂记》主要记述西汉人物轶事，也涉及宫室制度、风俗习惯，带有怪异色彩。其中有些故事后来很流行，如王昭君、毛延寿的故事，卓文君的故事。另外，从艺术角度看，琐言轶事类志人小说要超过笑话类志怪小说，其内容多姿多彩，语言之精妙，文字之传神，也是笑话类志人小说所不及的，一直被人所

文学体裁 文学作品的具体样式，它是文学形式的因素之一，简称"文体"。常见的有诗歌、小说、散文、戏剧、寓言等，笑话也是文学体裁的一种。一切文学作品的思想内容都要通过这样或那样的体裁来表现，没有体裁的文学作品是不存在的。

■ 塞外昭君图

津津乐道。

南朝宋刘义庆编撰了一部志人小说，即《世说新语》，它是我国最早的一部文言志人小说集，其成就和影响最大，代表了魏晋南北朝时期志人小说的最高峰。

《世说新语》全书共收录1000多则故事，记述简练，一般只有数行文字，短的只是三言两语。它主要记载汉末至东晋年间一些士大夫的言行轶事，对统治阶级的政事和日常生活也有所涉及。通过这些描写，形象地反映了当时的社会风貌，尤其是反映了士大夫阶层的生活状况乃至精神世界。

《世说新语》语言质朴精炼，有的就是民间口语，言简意深，耐人寻味。记载人物往往是一些零碎的片断，但传神地表达了人物的个性。书中随处可见出色的比喻和形容、夸张和描绘。志怪小说和志人小说相比，志人小说缺乏志怪小说丰富的想象和幻想，以及鲜明的人物形象和比较完整的情节，因此，志怪小说具有更多的小说因素，更容易发展成更高级的小说形态。

阅读链接

在先秦两汉时期，小说是由稗官来写的，稗官是什么样的官呢？稗官是古代的一种小官，专门给帝王搜集街谈巷语以及道听途说之言，后来称小说为稗官，泛称记载逸闻琐事的文字为稗官野史。稗官反映对象的身份很不明确，因为街谈巷语的传说中，各种人物都有。

三国时魏国书法集邯郸淳编著的《笑林》是我国最早出现的志人小说，这部小说体现了这种街谈巷语来源的不明确性。

邯郸淳虽然不是稗官，却是以稗官的身份写的《笑林》。史载邯郸淳晚年被魏文帝辟为博士给事中，《文心雕龙》记载："至魏文因俳说以著笑书。" 邯郸淳采集、编排民间街谈巷语中的笑话，向魏文帝进说。

发展成熟 唐代小说

古代小说发展到唐朝,进入了一个新的发展阶段,呈现了欣欣向荣的景象。被称为"特绝之作"的传奇小说,在这个时期开始出现在文坛上,并以其优美的艺术形式和广阔的社会生活内容为世人称道。

唐代传奇小说是唐代的文言短篇小说,内容多传述奇闻异事,简称唐传奇。它远继神话传说和史传文学,近承魏晋南北朝志怪和志人小说,发展成了一种以史传笔法写奇闻异事的小说体式。

有学者称唐传奇"始有意为小说",标志着我国古代小说创作进入一个新的阶段。

唐传奇小说的形成与兴起

唐代前期,社会比较安定,农业和工商业都得到发展,如长安、洛阳等一些大城市,人口众多,经济繁荣。这种状况在一定程度上开阔了唐朝文人的视野,为他们的创作提供了丰富的素材,他们开始逐渐摆脱志怪小说的狭小范围,而去表现更为广阔的社会现实生活。

这一时期,市民阶层兴起,为了满足他们对文化娱乐的需要,产生了"市人小说"。"市人小说"就是民间说话艺术。

在唐代,儒家、佛教、道教三家并

华夏英雄传书影

存，人们的思想比较活跃，统治阶级特别提倡道教，道士在社会上享有各种特权，风气所及，很多人竞相建筑道观，崇尚道教，妄想长生不老、飞天成仙，这就在客观上促使求仙问道的作品大量问世。

■ 《史记》书影

另外，佛教也深深影响着唐传奇小说的发展。唐传奇小说在佛教文学和佛教民间故事的影响下，想象力更为丰富，语言更为平易、准确、具体、生动，同时，佛经散韵夹杂的体裁，对传奇小说的结构形式也有一定的影响。

魏晋南北朝时期的志怪和志人小说为唐传奇提供了有益的借鉴，在题材、主题上对唐传奇产生了深远的影响。唐传奇的很多故事都取材于魏晋六朝时期的志怪小说。志人小说虽然不像志怪小说那样对唐传奇影响巨大，但在记事传人的现实性和艺术技巧等方面，也为唐传奇积累了丰富的经验。

先秦两汉和魏晋时期的史传文学，其中特别是《史记》对传奇小说创作有很大的影响。《史记》的题名、结构、行文、人物刻画都被唐传奇的许多作品直接采用。

魏晋南北朝时，作者把小说作为记录异闻奇事的

《史记》 我国第一部纪传体通史。全书共有本纪12篇，表10篇，书8篇，世家30篇，列传70篇，共130篇。约52.65万字，记载了上自上古传说中的黄帝时代，下至汉武帝太史元年间共3000多年的历史。与《汉书》《后汉书》《三国志》合称"前四史"。

野史一类看待，记录比较简略，行文比较粗糙，语言缺乏藻饰。志怪记人之类的小说，因缺乏文采而不为论者所重视。

进入唐代，人们的审美情趣发生了极大的改变，文人逐步放下了对小说的轻视态度，转而投注到这种比文赋诗词更富趣味的创作中。另外，唐代科举取士，重视文学。在各科中，诗赋杂文的进士科最受重视。士人在应试之前常将自己所作的诗文给当时有名望的人看，以扩大社会名声，为考中进士科创造条件，称之为"行卷"。传奇文也常用作"行卷"。

■ 志怪小说插画

唐代是一个充满浪漫主义的时代。唐代文人思想活跃，他们需要找一个超脱现实以外的精神归宿寄托他们的这种浪漫情怀，而传奇小说就为他们提供了这个虚拟的世界，供其阐述观点和寄托情思。

相对于魏晋六朝小说，唐传奇有着巨大的进步。唐朝以前的所有小说，都只是不自觉的文学创作。魏晋六朝的志怪小说，就是为了将作者所信的鬼神异事描述出来，是无意间的创作或者说是记录。但是唐传奇小说则是有目的、有意识地进行小说创作，借小说的形式和内容来表达自己的观点、看法和思想，是"始有意为小说"。

唐以前的志怪小说只是粗陈梗概，内容驳杂，篇幅短小。而唐传奇小说则将其丰富为一个完整的故事，表达一定的思想，写人叙事严谨规范，笔法精湛，技艺高超。

还有，唐传奇小说的内容和题材不断丰富和扩大。志怪小说专写神仙鬼怪之奇事，而唐传奇小说不只记录鬼怪之事，更多的是描写人间世俗的事。

如民间流传的精怪故事、朝野传颂的人间佳话、侠肝义胆的英雄故事，以及感人肺腑的爱情神话等，而这些内容又往往结合在一起，直面现实，勇敢地批判丑恶，歌颂高尚的情感，这显然是小说发展的一大进步。

此外，在语言和情节构造上，唐传奇小说也进一步突出。语言方面，从简练古朴到文辞华丽；情节从风趣有致到委婉曲折、波澜起伏。唐传奇小说是真正符合要求的小说，标志着我国古代小说进入了欣欣向荣的阶段。

阅读链接

唐传奇来源于世俗生活，也反映世俗生活。传奇之"奇"与爱情、豪侠、隐逸的联系非常密切。

沈既济的《任氏传》、许尧佐的《柳氏传》、元稹的《莺莺传》、白行简的《李娃传》、陈鸿的《长恨歌》、蒋防的《霍小玉传》、沈亚之的《湘中怨解》等，都有爱情名篇。唐传奇中也出现了一系列引人注目的豪侠形象，如红线、红拂、聂隐娘等。

大多数的正史为建功立业者作传，但唐传奇却鼓励人们去做隐士。沈既济的《枕中记》、李公佐的《南柯太守传》都表现了对隐逸生活的追求和向往。

从这里，我们可以看到，爱情、豪侠、隐逸这三种题材，向来为正史所拒绝，或处于正史的边缘，但在唐传奇中，它们却居于中心地位。

唐传奇小说的发展历程

唐传奇小说的发展历程大体可分3个阶段。初、盛唐时期是唐传奇的发轫时期，也是由六朝志怪小说到成熟的唐传奇的过渡时期。

中唐时期是唐传奇小说的鼎盛时期。这一时期不仅传奇小说作家和作品数量最多，而且作品质量也最高。晚唐是唐传奇小说的衰落时期，虽然作品数量不少，并出现了专集，但内容较为单薄，艺术上也较为粗俗，唯有豪侠题材的作品成就较高。

初唐至盛唐时期，唐传奇小说基本沿袭了六朝志怪小说的遗风，内容多以描写神怪故事为主，在描写神话故事时又穿插了人世间的事。虽然描写还比较粗糙，但是已经注意到形象的描绘与结构的完整，叙述故事发展过程比较详细具体，篇幅有所增加，已经向有意识创作靠近。

唐传奇小说中最早的《古镜记》，相传为隋末唐初人王度所作，它以古镜为线索，把10多个怪异故事连缀起来组成长篇，叙述较为细致，比六朝志怪小说有很大的进步。

唐高宗、武则天时期，张鷟撰写成传奇小说《游仙窟》。《游仙窟》的最大特点是基本采用一种韵散相间的形式，在简单的故事情节中穿插着大量的诗歌骈语，并以此作为全篇的主体，这对后来的传奇小说通过赋诗言志来交流人物感情的写法，起到了启示的作用。它基本上摆脱了志怪小说的神怪气息，开始着眼于人世间生活的描写。

这一时期，还有张说的传奇小说《绿衣使者传》也着眼于市民生活，着重表现人情世态。这表明，这一时期的传奇小说开始向新的领域扩展了。

进入唐代中期，传奇小说迎来了空前繁荣的时代，这一时期涌现了大量的传奇作家和作品，一些优秀的单篇传奇几乎都产生在这一时期。

这时期多数作品内容从前期的以志怪为主转为以反映现实生活为主，即使有一些涉及神怪的篇章，也往往具有社会现实内容，而且反映的生活面较广。作品想象力丰富，构思精巧，情节曲折动人，注重人物形象的描摹和刻画，生活气息浓郁。

这一时期的传奇小说作品大致可分为神怪、爱

■《西厢记》插图

张鷟（约660年～740年），字文成，自号浮休子，唐代小说家。他于高宗李治调露年登进士第，当时著名的文人骞味道读了他的试卷，叹为"天下无双"，被任为岐王府参军。此后他又经8科考试，每次都列入甲等，因而赢得"青钱学士"的雅称。这个雅号后来成为典故，成了才学高超、屡试屡中者的代称。

《莺莺传》插图

情、历史、侠义等类别。其中有些作品内容交叉。神怪类讲的是神仙鬼怪一类故事。题材虽沿袭六朝志怪小说的传统,但内容和形式都具有新的特色。

小说家沈既济的《枕中记》、李公佐的《南柯太守传》等作品分别写卢生、淳于棼于梦中位极宰相,权势显赫,梦醒后猛然觉悟,皈依宗教的故事,表现了人世荣华富贵如梦境空虚,不足凭恃的意味。这两篇作品受南朝志怪小说《幽明录》中《焦湖庙祝》的影响,但是《焦湖庙祝》全文仅百余字,叙述简略。

《枕中记》《南柯太守传》两篇则篇幅较长,描绘具体,情节细致,显示出作者"施之藻绘,扩其波澜"的特色。不仅如此,这两部作品由于把梦境中的仕途遭遇与波折铺叙得淋漓尽致,也间接反映了当时朝廷和官场的某些情况,具有一定的现实意义。

爱情类作品是这一时期传奇小说写得最精彩动人的,代表了唐传奇小说的最高成就,这些作品大多歌颂坚贞不渝的爱情,塑造了众多的具有反抗精神的女性形象。这类主要作品有《霍小玉传》《李娃传》《莺莺传》《柳毅传》《离魂记》等。

太守 原为战国时代郡守的尊称。西汉景帝时,郡守改称太守,为一郡最高行政长官。历代沿置不改。南北朝时,新增州渐多。郡之辖境缩小,郡守权为州刺史所夺,州郡区别不大,至隋初遂存州废郡,以州刺史代郡守之任。此后太守不再是正式官名,仅用作刺史或知府的别称。明清则专称知府。

《霍小玉传》是一篇描写沦落风尘的女子与士子恋爱而以悲剧结尾的传奇小说，作者把霍小玉塑造成一个美丽痴情而又坚韧刚烈的悲剧形象，她温柔、善良、敢爱敢恨，而且琴棋书画样样精通，她的悲惨命运让人扼腕，让人叹息。

《霍小玉传》着眼于当时社会环境与人物性格的关系，塑造出鲜明的人物形象。善于运用对比、映衬、烘托等艺术手法，使人物显得鲜明、丰满。其中霍小玉的痴情与李益的负心对比尤为强烈，对于塑造两个人物形象，起到了很好的艺术效果。

《李娃传》写荥阳大族郑生喜欢上了长安风尘女子李娃，两人屡经波折终获美好结局的故事。作品结构非常完整，故事情节波澜曲折，叙述清楚，主要人物性格展现丰富，富有一定的现实意义。

此外，还有一些反映历史、社会以及表现侠义的作品，代表作品有《长恨歌传》《东城老父传》《谢小娥传》《冯燕传》等，这些作品有的具有较高的史学价值，有的具有较高的文学价值，对后来的传奇小说都具有一定的借鉴意义。

唐代晚期，唐传奇小说的数量大为增加，出现了大批传奇小说专集，主要有《郭

宰相 我国古代最高行政长官的通称。"宰"的意思是主宰，商朝时为管理家务和奴隶的官；周朝有执掌国政的太宰，也有掌贵族家务的家宰、掌管一邑的邑宰。相，本义为相礼之人，字义有辅佐之意。辽代时始为正式官名。

■《莺莺传》插图

远振》《玄怪录》《续玄怪录》等，这些作品内容多是搜奇猎异，神怪气氛浓厚，与现实生活逐渐疏远。

传奇小说专集中还有一些小故事，虽然情节比较单纯，描写也不够细致，但思想内容具有进步意义。皇甫氏《原化记》中的《京都儒士》写京都一儒士自称有胆气不畏鬼怪，某夜独宿凶宅，心中惊怖，丑态毕露，刻画了一个言行不一的知识分子形象。作品篇幅短小而含意隽永。

唐代诗歌发达，产生了不少关于诗人及其创作的传说和故事。其中一部分也富有传奇色彩。单篇中如《柳氏传》《秦梦记》，专集中如《集异记》的《王维》《王之涣》等均属此类。

魏晋人崇尚清谈放诞，产生了《语林》《世说新语》等笔记小说；唐人崇尚诗歌，产生了《云溪友议》《本事诗》等故事集，从中都可以看出一个时代的特殊风气。

阅读链接

唐传奇小说语言一般运用散体，但多四字句，句法较整齐，沿袭了六朝志怪小说的传统。六朝志怪小说如《搜神记》等，语言比较质朴，不讲究对偶和辞藻，在当时区别"文""笔"的风气下，属于"笔"这一类，但因受骈文盛行的影响，一部分语句句法比较整齐，风格上也有与骈文接近的一面。

唐传奇小说的语言就是沿着这一方向发展的。有些篇章如唐代前期的《游仙窟》，甚至以骈体为主，但多数作品虽夹杂骈句，基本上仍是散体。不过由于作者有意重视文采，不少作品语言颇为华艳。

中唐时传奇繁荣，名篇迭出，古文大家韩愈、柳宗元在当时风气影响下，也写了几篇接近传奇小说的文章，如韩愈的《毛颖传》、柳宗元的《河间传》。但它们不像传奇小说那样注意讲述有趣味的故事，着重表现作者的意想和文采。

唐传奇小说的风格和艺术

唐传奇小说是古代小说历程的一部分,有着小说固有的特点,也有许多不同之处。它突破了六朝志怪小说粗陈梗概的格局,在文学创作方式、人物形象塑造、情节结构安排和语言运用方面都取得了突破性的成就。

唐代传奇小说继承和发扬了史传文学现实主义的传统,也汲取了神话、志怪小说的浪漫主义精神,在创作上发展到一个新的水平。

唐传奇小说中有不少描写现实生活的作品。作家对生活的观察相当深刻、细致。不但细

《西厢记》古籍书影

■ 大唐西安市贸易图

节描写上强调塑造了典型环境中的典型人物，并且通过情节发展表现出来的倾向性也较鲜明。

唐传奇小说中浪漫主义的创作方法也比比皆是。一些描写婚姻爱情的作品反映了人们积极向上的、进步的理想，赞颂了某种高尚的道德情操，具有鲜明的积极浪漫主义的倾向。

唐传奇小说大多融诗于文，诗意浓厚。虽然小说中出现诗歌古已有之，但只有在唐传奇中，诗文才如此频繁出现，而且成为小说表现人物、推动情节、突出主题的必要手段。

唐传奇小说的诗意化特征还表现在对史传叙事方式的继承和发展上。叙事方式一般有两种，即讲述式和呈现式。唐传奇小说继承了史传的呈现式叙事方式，有概述，也有场景，但明显区别于史传。

唐传奇小说的这些概述的表现形式和功能较史传文学要多得多，而场景描述也摆脱了纪实性的限制，充满了想象，虚构成分比较大，充满了浓郁的诗情。

不少传奇小说作者是人物写生的好手，他们不仅善于用精湛的细节描写来提示人物的心理活动，用对

> **描写** 描是描绘，写是摹写，就是用生动形象的语言，把人物或景物的状态具体地描绘出来。描写是一般记叙文和文学写作常用的表达方式。描写的作用是再现自然景色、事物情状，描绘人物的形貌及内心世界，使人物活动的环境具体化。

比、衬托的手法来表现人物的性格特点，而且尤工于白描式的肖像摹写，往往三言两语即飞笔传神，塑造出典型的人物形象。

唐传奇小说中出现了社会各个阶层的人物，从帝王后妃、文武大臣，到文人商贾、侠客僧道、乐工艺伎、姬妾丫环，以虚构想象为基本创作手法，反映社会各个阶层的生活。

一些以历史和现实生活为题材的作品，如《长恨歌传》《虬髯客》，作者并不拘泥于史实、传闻，而是根据创作需要，因文生事，幻设情节，多方描绘环境，巧妙编织对话，深深探寻人物内心的隐秘，使人物形象丰满传神。

唐传奇小说的篇幅大多很长，几乎都是千字以上的。与志怪小说相比，同一主题，同一故事，篇幅却不同，原因就是唐传奇丰富了故事的情节，扩大了矛盾的波澜，可谓构思精巧，情节曲折。

唐传奇以前的小说大多是评论式的，只是纯粹的记叙和议论，所以短小。唐传奇小说则基本上放弃了这种直接议论的写作方式，大量地运用了描写的手段，并将描写和记叙有机地结合了起来，细致入微地描写现实生活，从而使作品有可能淋漓尽致地反映客观生活。

唐传奇小说还特别注重故事结构

诗歌 最古老、最基本的文学形式，它要求高度集中地概括、反映社会生活，饱含丰富的思想感情和想象，语言精练而形象性强，并具有一定的节奏韵律。诗歌按照有无故事情节分为叙事诗和抒情诗，按照语言有无格律分为格律诗和自由诗，按照有无押韵分为有韵诗和无韵诗。

■ 西厢记插图

的完整性和情节发展的波澜起伏，曲折有致。

以侠义为题材的《红线传》也是以曲折的情节显示人物的奇特经历，其开端并未立刻展开故事情节，而是借助"名晓音律"的特征性描写，提示红线的才能及与薛嵩的关系，为下文的情节做了准备。

唐传奇小说的作者往往以人物的出身、教养、性格为基础，安排不同的语言，表现人物个性。既继承了古代散文和骈体文以及诗歌、民间俚语、俗谚中有生命力的词汇，又汲取了前人在语言结构方面严谨而又灵活、精炼而又准确的优良传统，形成唐传奇独特的语言风俗。

唐传奇小说的语言比较通俗化，这主要是由于唐传奇小说广泛地运用了市井间的俗言口语。另外，唐传奇小说还引用民间歌谣，通俗化程度进一步加深。

阅读链接

唐传奇小说的创作者不求情节的真实，而是希望从中获得超越日常生活的幻想情趣。

明代著名学者胡应麟在《少室山房笔丛·九流绪论》中说："凡变异之谈，盛于六朝，然多是传录舛论，未必尽幻设语。至唐人乃作意好奇，假小说以寄笔端，如《毛颖》《南柯》之类尚可，若《东阳夜怪录》称'成自虚'，《玄怪录》'元无有'，皆但可付之一笑。"

这段话包含了对唐传奇小说的鄙薄，准确地揭示出了唐传奇小说作者"作意好奇"，也就是有意虚构的特点。

一些传奇小说作家往往有意在小说中留下虚构的痕迹，如李公佐《谢小娥传》，谢小娥的父亲和丈夫被申春、申兰所杀，他们向谢小娥托梦，本应当直接点出申春、申兰的名字，但文章却没有，而用了"田中走，一日夫""车中猴，东门草"来隐他们二人的名字。这显然不合情理，而是出于有意的虚构，而制造一种特殊的效果。

深入演化 宋元小说

进入宋元时期，流行于市民阶层的"说话"艺术不断发展，最终使极具市民特征的话本小说流行开来。

宋元话本小说的出现，使我国古代小说从内容到形式都更加面向社会，面向大众，也标志着我国古代短篇白话小说走向成熟，从此，形成了文言小说与白话小说双峰对峙、双水分流的局势。

我国古代小说史由此呈现出更加错综复杂的境况。更为重要的是，宋元话本小说的繁荣使得文言逐渐转化为白话，这个阶段具有里程碑式的意义。

"说话"艺术兴起与繁盛

唐宋以来,民间广泛流行一种叫做"说话"的表演艺术,说话就是讲说故事。"说话"艺术起源于古代的说唱艺术,我国古代很早就有了说故事和说书的传统。

东汉时代的"说书俑",歪头吐舌,缩肩耸臀,极为生动地显示出说书艺人讲到紧要关头时手舞足蹈的神态。

三国时期,曹植背诵过徘优小说。这种徘优小说融表演与说唱于一体,是说话艺术进一步发展的体现。

到了隋代,侯白的《启颜录》里已经用"说话"来专指讲故事了。进入唐代,"说话"已

■ 说话表演塑像

■ 唐代僧人"俗讲"

经变成一种专门的表演艺术，风靡一时，上自宫廷，下至民间，无不在"说话"。

唐代还盛行一种由当时寺院僧侣向民众进行佛教宣传的"俗讲"。"俗讲"开始时只是单纯演说经文和佛经故事，后来逐渐演变，也讲唱一些民间传说和历史故事，如《汉将王陵变》《秋胡变文》等。

"俗讲"与"说话"关系极为密切，唐代"说话"在发展上不仅吸收了"俗讲"的某些形式和技巧，而且在题材内容上也深受其影响。

进入宋代，随着宋代工商业的发达和城市经济的繁荣，"说话"也出现了空前繁盛的局面。当时城市中出现了许多专门表演各种民间技艺的瓦舍勾栏。在瓦舍勾栏上演各种民间技艺，除"说话"外，还有杂剧、傀儡戏、诸宫调等。

当时，"说话"是一种重要的技艺，深受人们的喜爱。说话艺人的数量也相当多，据《武林旧事》记载，仅南宋临安城就有说话艺人约百人。

说唱艺术 广泛流行于民间的一种文学表现形式，用来讲唱历史、传说叙事及文学作品的一种艺术体裁，是音乐、文学和表演相结合的综合艺术形式。其音乐以叙述功能为主，兼有抒情功能。说唱艺术可单口说唱，亦可多口说唱；可乐器伴奏，亦可无伴奏。

■ 宋杂剧演出图

同时,说话艺人之间的分工也越来越细,因内容和形式以及艺人们各自的专长不同,"说话"又分为四大家:小说、说铁骑儿、说经、讲史。

四大家中,以小说、讲史的影响最大,尤以小说家最有影响力。因为小说基本上是取材于城市平民各阶层的生活,它对现实的反映最为直接及时,故事的内容是市民听众熟悉的,且又能真切地反映市民们的思想感情、理想与追求,因此在当时最受欢迎。

在艺术技巧方面,小说家也有超越其他家的优点。《都城纪胜》曾指出,讲史书的"最畏小说人,盖小说者,能以一朝一代故事,顷刻间提破"。

"顷刻间提破"也就是说当场把结局点破,一次性把故事讲完。

《梦粱录》里指出小说具有"捏合"的特点,所谓"捏合",一是指小说可以把当时的社会新闻同说话的内容融合在一起;二是指虚构编造。

随着说话技艺的日趋繁盛发达,说话艺人渐渐有了自己的职业性的行会组织,如杭州的小说家就成立了自己的行会组织,组织称为"雄辩社"。

在行会组织里,说话艺人可以自由地切磋技

底本 古籍整理工作专用的术语。影印古籍时,选定某个本子来影印,这个本子就叫影印所用的底本。校勘古籍时要选用一个本子为主,再用种种方法对这个为主的本子作校勘,这个为主的本子也就叫校勘所用的底本。标点古籍时也要选用一个本子在上面施加标点,这个本子也可叫标点使用的底本。

艺，交流经验，传递信息，以改进和提高自己的演说水平。这样的行会组织可以从整体上提高宋代说话的水平。

除说书艺人的行会组织外，当时，还出现了专门编写话本和戏剧脚本的文人组织"书会"。书会的成员都是一些富有才情、文学功底较深的落魄文人，他们在当时被尊称为"书会才人"。正是这些"书会才人"将原来简略粗陋的单纯的说话底本"改编"为可供阅读的书面文学作品。

虽然，"说话"还不能算是小说，但宋元的市人小说与"说话"却有着直接的、密不可分的关系。"说话"人讲故事的底本叫"话本"，是我国古代白话小说的开端。

这时的白话短篇小说就是在"说话"底本的基础上经过加工、润色而文学化了的作品，所以"说话"对宋元白话短篇小说的繁荣起到了巨大的作用，是我国古代小说史上的重要一笔。

阅读链接

"说话四家"指的是"小说""讲史""说经""合生"4种曲艺表演形式。小说家是"说话四家"中艺术技巧最成熟、最兴盛的一家，小说家的话本通常称为"小说"，都是讲说短篇故事，一次或数次讲完。题材除历史故事、神话传说外，大多取材于当代社会生活，与现实联系比较密切。

讲史家话本通常称为"平话"，讲史以讲说前代史书文传，朝代更迭，历史战争为主，题材广泛，内容丰富，一般篇幅较长。为了讲述方便，讲史大多根据故事内容的需要进行分卷立目，以示情节发展的段落，后来逐渐演变成章回小说的回目。

"说经"主要讲说佛教经典和人物故事，也包括民间关于参禅悟道的题材。合生家是"说话四家"中势力最小的一家，大概以讲说当世故事为主，篇幅较短，一般一篇只讲说一个故事。

小说话本结构和题材内容

《喻世明言》插画

"说话"艺人所用的底本统称为"话本"。话本的创作过程一般有两种情况：一种情况是先有流传的故事，其后整理成话本，说话艺人依据自己所掌握的知识和技巧，仔细揣摩听众的心理，将原来口头流传的故事重新加工，创作成为动人的说话节目，以后又加以整理而成。

另一种情况是为适应说话艺人的说讲需要，由当时的"书会"专门为说话艺人编写的话本，利用当时的新闻、历史故事、民间传说等题材写成的故事梗概，表演时由说话人在此基础上进行想象发挥。

宋元小说话本结构一般由4个部分组成，即题目、入话、正话和篇尾。题目是根据正话的故事来确定的，是故事内容的主要标记。入话，也叫"得胜头回""笑耍头回"，就是在正文之前，先写几首与正文意思相关的诗词或几个小故事，把它作为开篇，以引入正话。

古代小说话本图

正话，即故事的正文，是小说话本的主要部分。正话在叙述故事时，也不时穿插一些诗词，用来写景、状物，或描写人物的肖像、服饰，具有渲染气氛、增强效果的作用。篇尾就是故事的结尾，篇尾往往用四句或八句诗句为全篇作结，有时也有用词或整齐的韵语作结的。篇尾一般具有相对的独立性。

小说话本4个部分结构的形成和定型是"说话"艺术长期发展的结果，标志着小说话本的成熟。

宋元小说话本数量多，据《醉翁谈录》《宝文堂书目》等记载，约有140种，主要保存在明代的《喻世明言》《警世通言》《醒世恒言》等书中。

宋元小说话本题材广泛，内容丰富。主要包括爱情婚姻、诉讼案件、历史故事等方面的内容。总体来看，描写爱情婚姻和诉讼案件的话本写得最好，数量

民间传说 我国民间口头叙事文学。通常由历史事件、历史人物及地方风物有关的故事组成。广义的民间传说又俗称"口碑"，是一切以口头方式讲述生活中各种各样事件的散文叙事作品的统称。狭义的民间传说是指民众口头创作和传播的描述特定历史人物或历史事件、解释某种地方风物或习俗的传奇性散文体叙事。

也最多，代表了宋元小说话本的最高成就。

讲述爱情婚姻故事的话本写得较好的有《碾玉观音》《快嘴李翠莲记》等。这些作品成功地塑造了一系列富有反抗精神的女性形象。

讲述诉讼案件故事的公案小说涉及社会生活面极为广阔，直接反映了复杂的社会状况，揭露了社会深层次矛盾，同时也热情赞颂了正直豪爽的侠客好汉，代表作品有《错斩崔宁》《简帖和尚》等。

讲述历史故事的作品写得较好的有《张子房慕道记》《老冯唐直谏汉文帝》等，这些故事多表现英雄贤士的怀才不遇和为官者的贪婪昏庸等。小说话本中还有一些宣扬因果报应和佛教戒律的作品，如《菩萨蛮》《五戒禅师和红莲记》等。这些作品的出现，有其深刻的时代社会的原因，也反映了小说话本在思想内容上的复杂性。

阅读链接

话本一般又可分为两类："说话四家"中讲史的底本为讲史话本。自元代开始叫做"平话"。"平话"讲述长篇历史故事，取材于历史，后来发展为章回体的长篇小说；另一类就是篇幅短小的小说话本，常常被称为小说，又称为"短书"。它对我国古代白话短篇小说的发展有着直接而深远的影响。

明清的白话小说主要就是在宋元话本的基础上发展起来的，如《水浒传》《三国演义》《西游记》都是宋元话本继续发展的产物。

宋元话本大体上可以分为繁本和简本两种类型。繁本是语录式的或经修订加工的底本，语言通俗流畅，接近口语。简本是提纲式的资料，只记下一些故事梗概，往往是从传奇文和笔记小说中摘录下来的。如《清平山堂话本》中的《蓝桥记》就是裴铏《传奇》中《裴航》故事的节要。

现存宋元话本，无论是小说还是平话，多数是简本。有些明代所刻选本所收的小说，似经过后人的加工整理，在艺术上比较完整。

明代小说

独立成体

进入明代，小说出现了空前繁荣的局面。从明代开始，小说这种文学形式才充分显示出它的社会作用和文学价值，打破了正统诗文的垄断地位。在文学史上，取得了与唐诗、宋词、元曲相提并论的地位。

明代小说是在宋元时期说话艺术的基础上发展起来的。明代文人创作的白话短篇小说称为"拟话本"，就是直接模拟学习宋元话本的产物；长篇小说如《三国演义》《水浒传》《西游记》等，亦多由宋元说话中的讲史、说经演化发展而来。

明嘉靖以后，文人独立创作的反映现实的长篇小说如《金瓶梅》，也借助了讲唱文学的写作经验。

明代小说的兴起与发展

进入明代,明太祖朱元璋在建立政权以后,吸取了元统治者覆亡的历史教训,在明初采取了恢复发展生产、使人民休养生息的方针,出现了经济繁荣和社会安定的局面。

明中期以后,工商业得到进一步的发展,城市扩大,市民阶层日益壮大,他们的生活和思想要求在文学中得到反映,明文人在宋元时期说话艺术继承之上创作出来的通俗小说,逐渐受到他们的欢迎而得到发展的机会。

宋元以来的通俗小说赢得了人们的普遍欢迎,这一现象受到明中叶以后一些具有进步思想的文人的关注和重视,他们在理论上给予明通俗小说高度的评价,阐明其社会的和文学的价值,为小说争得了文学地位。

明代理学家李贽将《西厢记》《水浒传》与秦汉的散文、六朝诗词相提并论,同称为"古今至文";文学家袁宏道称《水浒传》和《金瓶梅》为"逸曲"。还有的学者指出宋元以来的话本小说要比儒家的

■《西厢记》木雕

经典《孝经》和《论语》具有更强烈的感人力量。明代印刷术的进步及刻书业的发展也为小说创作的刊行创造了良好的条件，从而促进小说创作的繁荣。

明中期至晚期，小说呈现出一派欣欣向荣的新气象。这个时期，商品经济日益繁荣，文学思潮进一步活跃，市井细民、商贾、女性受到更为广泛的关注，很多文人将他们列入了自己的创作王国中。

在众多文人的相互应和与推波助澜下，明中期至晚期，终于酝酿出一个追求个性解放和浪漫精神的思想大解放运动和文学思潮，这给小说创作输入了新的血液，使其走向了更为广阔的空间，明代小说由此焕发生机，蓬勃发展。

明代小说，若按篇幅来看，有长篇小说，有短篇小说，此外，还有中篇小说；若就语体而言，有文言

通俗小说 小说的一大题材类型，是满足社会上最广泛的读者群需要，适应大众的兴趣爱好、阅读能力和接受心理而创作的一类小说。通俗小说以娱乐价值和消遣性为创作目的，重视情节编排的曲折离奇和引人入胜，以及人物形象的传奇性和超凡脱俗，而较少着力于深层社会思想意义和审美价值的挖掘。

■ 《三国演义》插图

繁荣的小说

小说，有白话小说，又兼有文白交杂的小说。如若将其合在一起，又有长篇白话、文言短篇、白话短篇等篇幅主体各异的小说，非常复杂。

明代小说，如按题材和流派来进行分类，可有历史演义、英雄传奇、幻化神魔、人物传记、状丑描俗、爱情故事、宫闱秘史、猥亵实录8类。其中，历史演义、英雄传奇、幻化神魔、人物传记这几类题材小说得到了快速的发展。

历史演义类以某一特定历史时期重大事件的开始和结束为小说始末，较为真实地反映历史，纪实性强，凡事件、时间、人物无不遵照历史，又加以渲染，最后成为几乎真实的历史故事。代表小说为《三国演义》。

英雄传奇类以英雄、豪侠为主人公，加以想象和虚构，描写他们惊天动地的壮举伟业，歌颂英雄的英勇行为和高尚品质。艺术上精雕细琢，人物形象传神

> **描摹** 是指透过覆在原件上的透明纸按照看得见的线条进行描绘。在文学上指用语言文字表现人或事物的形象、情状、特性等。描摹是一种语言表达技巧，它的美学价值在于形象与生动。它能把静的变动，抽象变具体，无形变有形。

真切，颇具生活气息。代表作品有《水浒传》。

幻化神魔类，虽仍以鬼神精怪为主角，但情节更加神奇，人物更加饱满，在佛与道共同构成的神仙体系里，幻化无穷，讲述一定的哲理。代表作品有《西游记》。人物传记类的主人公也和英雄传奇类一样，是以单个人物为中心展开故事的，但所描写的人物不只是英雄豪侠，而是一切有着人类优秀品质、值得赞颂的人。

状丑描俗类以平凡琐杂的家庭生活为中心，借助白描来描摹当时的颓风陋俗、丑行败德，展开了一幅宽广的世俗生活画卷。代表作有《金瓶梅》。爱情故事类小说多为文白交杂的中篇小说，情节单纯，与前代此类小说相较，艺术成就方面突破不大。

宫闱秘史类小说以写宫闱内幕为主，反映宫墙之内的各色人物相互倾轧、争权夺势的传说轶事以及他们的腐朽生活。

猥亵实录类小说热衷于描写男女间的污秽情事，人物形象苍白，格调低下，艺术拙劣，不值得关注。

阅读链接

以成书于元末明初的《三国演义》《水浒传》和成书于嘉靖年间的《西游记》为代表，标志着我国古典长篇小说由宋元时代初具规模的讲史和说经话本，发展到了成熟的阶段。

这三部作品的共同特点是在长期民间传说和民间艺人创作的基础上，由文人作家加工写定，是集体创作的成果。它们都继承了话本的思想艺术传统而又有巨大的突破。

短篇小说方面，明代的短篇小说是从小说话本发展而来，这个时期瞿佑的《剪灯新话》、李祯的《剪灯馀话》等文言小说，专事模仿唐宋传奇，有所成就。

从嘉靖以后至明末，出现了长篇小说和短篇小说创作空前繁荣的局面。长篇小说以世俗小说《金瓶梅》为代表。短篇小说以"三言二拍"为代表。

历史演义小说的兴起与繁荣

■罗贯中塑像

宋元时代，"说话"艺术兴盛，在"说话四家"中，最为发达的是"小说"和"讲史"两家。其中"讲史"是以历史事实为依据，吸收民间传说，讲述历代兴废以及战争等事。在"讲史"的基础上发展起来的"讲史"话本篇幅较长，通常分节叙述。每节有一个题目，这种形式渐渐发展成章回小说。

章回小说分章回叙述，原来话本的每节，改为章回小说的每章回，章回小说成为我国古代长篇小说的主要形式，其段落整齐，首尾完整。在章回小说中，历史演义类小说特别发达。这类小说通常是以史实和传说相结合的形式，叙写某一特定历史时期的重大社会政治矛盾与风云人物，最早也最有影响的历史演义小说是《三国演义》。

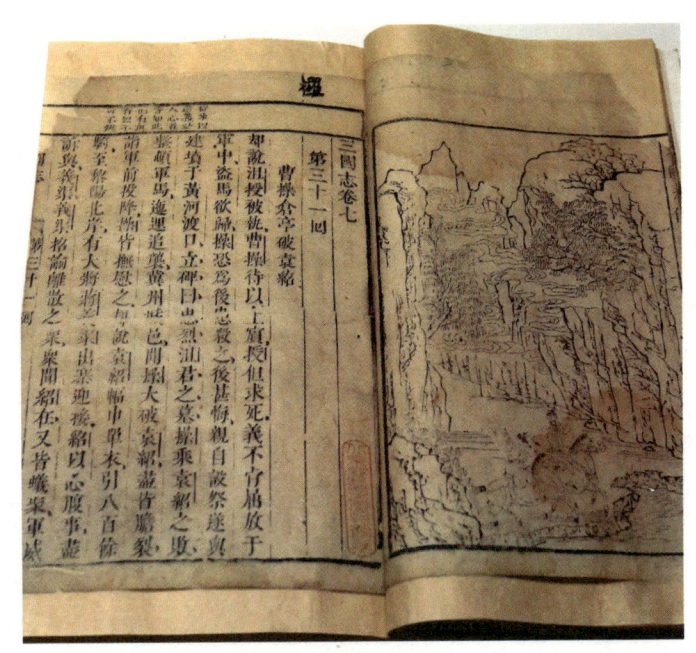

■ 《三国志》书影

在"讲史"话本中，有一个话本叫《三国志平话》。《三国志平话》分上中下3卷，已经初具《三国演义》的规模，具有很高的历史和文学价值。

根据《录鬼簿》《太和正音谱》等记载，可知元杂剧中大约有60种三国戏。这些剧本或取材于史书或取材于《三国志平话》，经过戏曲家的再创作，使人物形象更加鲜明，故事情节更为生动。

元代末年，史学家罗贯中以《三国志平话》为框架，充分利用陈寿的《三国志》和司马光的《资治通鉴》以及其他史料，广泛吸收民间传说中生动的故事情节，淘汰民间故事中荒诞不经的地方，完成了《三国志通俗演义》一书。

《三国志通俗演义》简称《三国演义》，《三国

平话 话本体裁之一，与诗话、词话相对而言，平话是只说不唱的平铺直叙的话本。平话的题材主要是历史故事。宋元平话多为长篇。明清人多将平话写作"评话"，也有把短篇话本称作"评话"的。

《三国演义》插图

演义》"言不甚深，文不甚俗"，既不像历史著作那样深奥难懂，又不像"讲史"那样"言辞鄙谬"，具有极高的历史价值和文学价值。

《三国演义》描写了184年至280年，共97年的历史。全书120回，可分为三大部分。第一部分从第一回至第三十三回，主要写汉末的动乱和群雄并峙，曹操军阀的崛起和壮大。第二部分从第三十四回至第八十五回，写刘备集团的崛起和壮大，三国鼎立，互相争雄的局面。第三部分从第八十六回至第一百二十回，写三国的衰落，最终为司马炎所统一，建立西晋王朝。

《三国演义》是我国第一部长篇章回体历史演义的小说，是我国历史小说创作的楷模。小说成功地塑造了众多的人物形象。全书共写了1798人，其中主要人物塑造得性格鲜明、形象生动。作者描写人物，善于抓住基本特征，突出某个方面，加以夸张，并用对比、衬托的方法，使人物个性鲜明生动。

作者长于描述战争。全书共写大小战争40多次，展现了一幕幕惊心动魄的战争场面。其中尤以官渡之战、赤壁之战、夷陵之战最为出色。对于决定三国兴亡的几次关键性的大战役，作者总是着力描写，并以人物为中心，写出战争的各个方面。

《三国演义》的结构既宏伟壮阔，又严密精巧。作品涉及的时间长达百年，人物多至数千，事件错综纷繁。作者构思宏伟而严密。他以蜀汉为中心，以三国的矛盾斗争为主线，来组织全书的故事情节，既写得曲折多变，而又前后连贯；既有主有从，而又主从密切配合。

作品的语言精练畅达，明白如话，可以说雅俗共赏。《三国演义》的成就是多方面的，既有史料方面的，又有文学方面的，既有艺术方面的，也有思想方面的，它对后世小说特别是历史演义小说的影响是巨大而深远的。

继《三国演义》之后，明代中叶余邵鱼编著成的《列国志传》一书也属于历史演义小说。《列国志传》共8卷226则，它以时间为经，以国别为纬，叙述了武王伐纣至秦朝统一长达800年的历史。

明末文学家冯梦龙在《列国志传》的基础上，将其改编成《新列国志》。《新列国志》集中写春秋、战国时代，成为东周列国的历史演义。《新列国志》删掉了一些与史实不符的情节，使之更符合史实。

除了这些历史演义小说，明代还有其他一些历史演义小说，如《全汉志传》《南北宋志传》《隋唐两朝志传》《唐书志传通俗演义》等，这些历史演义小说各有其艺术风格和特色，但从总体上看，远没有《三国演义》的艺术成就和影响大。

阅读链接

《三国演义》的作者罗贯中生于元末明初，相传，罗贯中14岁时，母亲病故，于是辍学随父亲去苏州、杭州一带做生意。元朝末年，罗贯中在苏州结识文学家施耐庵，遂拜施耐庵为师。

罗贯中是位有多方面艺术才能的作家，一生著作颇丰，主要作品有：剧本《赵太祖龙虎风云会》《忠正孝子连环谏》《三平章死哭蜚虎子》；小说《三国演义》《隋唐两朝志传》《残唐五代史演义》《三遂平妖传》《粉妆楼》《隋唐志传》等，其中《三国演义》的成就最大，影响最广泛。

英雄传奇小说的兴起与繁荣

章回小说中有一类作品突出描写了各种英雄好汉,形成了一个独特的系列,与历史演义小说中的英雄相比,他们的虚构成分更多一点,这就是英雄传奇小说。

进入明代以后,英雄传奇小说日益繁盛。它们大多吸取民间的故

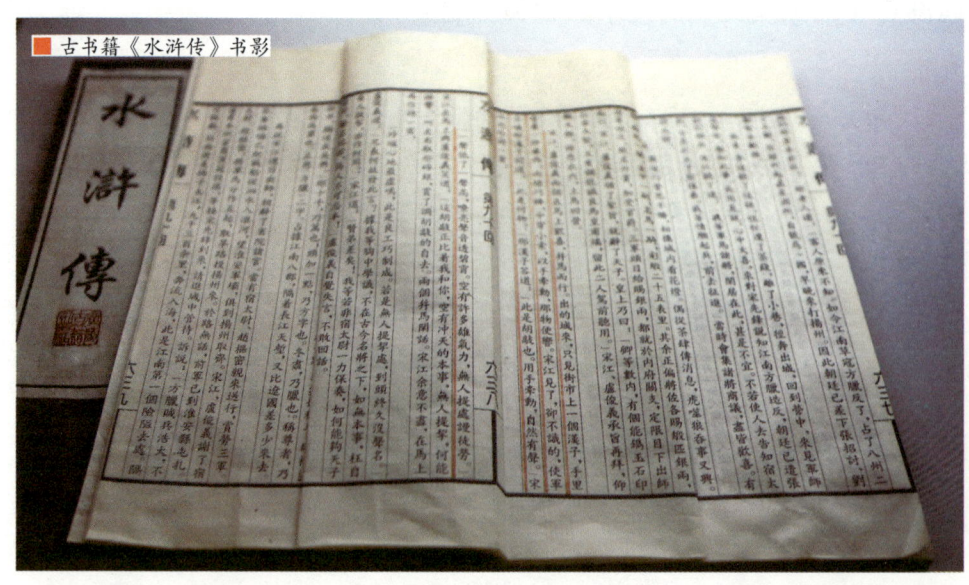

■ 古书籍《水浒传》书影

事，多写一些草莽英雄，就是写帝王将相，也着重表现他们的英雄事迹。另外，它们也较多表现市井阶层人物的生活，生活气息浓郁。

《水浒传》是一部描写农民起义的章回体长篇小说，是用通俗的语言讲英雄的传奇，是明代成就最高、影响最大的英雄传奇小说。它诞生于元末明初。全书描写的是北宋末年以宋江为首的108个好汉在梁山泊起义，以及聚义之后接受招安、四处征战的故事。

■ 施耐庵塑像

早从南宋时起，宋江的故事即在北方和南方地区广泛流传，而且成为"说书"艺人喜爱的题材。

宋末元初的《大宋宣和遗事》所记水浒故事，从杨志卖刀起，经智取生辰纲、宋江杀阎婆惜、九天玄女授天书，直到受招安平方腊止，顺序和《水浒传》基本一致。这时的水浒故事已由许多分散独立的单篇发展为系统连贯的整体。

元代还出现了一批"水浒戏"，包括元明之际的作品在内，约有30种。在宋元以来广泛流行的民间故事、话本、戏曲的基础上，元末明初，施耐庵等人编纂成英雄传奇小说《水浒传》。

《水浒传》形象地描绘了农民起义从发生、发展直至失败的全过程，深刻揭示了起义的社会根源，满

民间故事 民间文学中的重要门类之一。民间故事就是劳动人民创作并传播的、具有虚构内容的散文形式的口头文学作品，是所有民间散文作品的通称。民间故事从生活本身出发，但又并不局限于实际情况以及人们认为真实的和合理范围之内。它们往往包含着自然的、异想天开的成分。

■《水浒传》人物图竹简

腔热情地歌颂了起义英雄的反抗斗争和他们的社会理想,也具体揭示了起义失败的内在历史原因。

英雄传奇就是塑造传奇式的英雄,《水浒传》是英雄传奇小说的典范之作,它成功地塑造了神态各异的英雄群像,每个人物都个性鲜明。作者在刻画人物上,往往在人物第一次出场时,首先通过肖像描写,展示人物独具的性格特征。

《水浒传》的结构是纵横交错的复式结构。梁山起义的发生发展和失败的全过程纵贯全篇,其间连缀着一个个相对独立自成整体的主要人物的故事。这些故事自身在结构上既纵横捭阖,各具特色,又是整个水浒故事的有机组成部分。

《水浒传》的这种独具特色的结构,是民间艺人"说话"特色的具体表现。与之相辅相成的是《水浒传》的语言,《水浒传》的语言在群众口语基础上经过加工提炼,保存了群众口语的优点,具有洗练、明快、生动、色彩浓烈、造型力强的特色。

《水浒传》创造了英雄传奇小说的体式,对后代小说的创作产生了重大影响。《说唐演义全传》《杨家将》《说岳全传》等作品都是沿着它所开辟的创作道路发展的。另外，《水浒传》对其他艺术形式，如戏曲、曲艺、绘画等都有很大影响。

明代英雄传奇小说除《水浒传》外，较有影响的还有《水浒传》的续书、《杨家将》系列小说等。《水浒传》的续书最主要的有3部，即《水浒后传》《后水浒传》《结水浒传》。

《杨家将》是系统小说，包括《杨家府演义》《说呼全传》《北宋志传》《五虎平西前传》《五虎平南后传》《万花楼杨包狄演义》等。因为这些小说都从杨家将故事派生演绎出来的，都以北宋时期的边境战争为题材，因此都可以看作一个系统的小说。

《杨家将》中，《杨家府演义》反映的时间跨度最长，从宋太祖赵匡胤登基写起，直到宋神宗赵顼时止，约有100年的历史。作品歌颂了杨继业子孙五代为保卫边疆，前仆后继，英勇杀敌的爱国精神。

阅读链接

关于《水浒传》的作者，历来争论不休，有以下几种说法：一、作者是施耐庵，而书名却是罗贯中所起。二、全书是施耐庵一人所著。三、此书是由施耐庵和罗贯中共同写的。

最流行的说法是第一种，即作者是施耐庵，施耐庵由于厌恶尔虞我诈的官场，仅供职两年便辞官回到老家。回家后他一面教书，一面写《江湖豪客传》。书终于写完了。施耐庵对书中的情节都很满意，只是觉得书名欠佳。当时还是施耐庵学生的罗贯中建议将书名改为《水浒》。

施耐庵一听，高兴得连声说："好，好！这个书名太好了！'水浒'，即水边的意思，有'在野'的含义，且合《诗经》里'古公亶父，来朝走马，率西水浒，至于岐下'的典故，妙哉！"于是将《江湖豪客传》正式改名为《水浒传》。

神魔小说代表《西游记》

所谓神魔小说，就是以各种神仙道佛、妖魔鬼怪为描写对象的白话章回小说。先秦时期的上古神话是神魔小说的雏形。历经多年的发展，神魔小说在进入明朝以后，发展迅速，极为兴盛。

秦汉时期，在道教思想上产生的神仙故事传说给神魔小说的作者进行创造性的想象以充分的启示，并且提供了丰富的材料。有些神魔小说还部分地继承了宋元志怪小说的传统，具有一定的历史烙印。神魔小说的题材类型是继承宋元"说话"的传统，特别是受"说经""小说"中灵怪类以及"讲史"的影响。

神魔小说虽然题材类型方面多种多样，但有一个共同点，那就是都充满了浪漫主义。在众多的神魔小说中，《西游记》是最杰出的代表，是集大成者。这部神魔小说描写了唐代高僧唐僧率领徒弟孙悟空、猪八戒及沙和尚去西天取经，历经九九八十一难的故事。

《西游记》成书于明中期，故事是有其历史原型的，它取材于玄奘游学取经的故事。玄奘游学取经的经历记录在《大唐西域记》中，

《西游记》绘画

大体意思是：

612年，玄奘13岁，破格以沙弥身份录入僧籍，居净土寺。隋朝末期，玄奘跟着哥哥来到长安，随后又来到蜀都。

622年，23岁的玄奘与商人结伴，经三峡来到荆州，后又北转相州和赵州，足迹及于半个中国。沿途讲经求学，探索不止，最后来到唐都城长安。

629年，30岁的玄奘出长安西去游学，在高昌王和突厥叶护可汗的大力赞助下，玄奘艰难地通过了中亚地区，进入北印度境，渡印度河，经呾叉始罗，至迦湿弥罗，在这里参学两年。随后来到磔迦国、那仆底国……

633年，来到达王舍城，入那烂陀寺讲经求学。638年，玄奘离开那烂陀寺，继续游学东印、南印和西印诸国。642年，43岁，再回那烂陀寺。

645年，已经46岁的玄奘回到了唐都城长安。这

神仙 即仙人，是我国本土的信仰。仙人信仰在我国早在道教产生之前就有了，后来被道教吸收，又被道教划分出了神仙、金仙、天仙、地仙、人仙等几个等级。远在佛教传入我国之前，我国本土就有了仙人的信仰。佛教传入我国之后，把古印度的外道修行人也翻译成了仙人。

■ 唐僧师徒雕塑

段游学历时17年，游历了多个国家，带回几百本有价值的经书，后辑录成《大唐西域记》12卷。

　　玄奘逝世后，他的两名弟子慧立、彦悰将玄奘的生平以及西行经历又编纂成一本《大慈恩寺三藏法师传》，为了弘扬师父的业绩，在书中进行了一些神化玄奘的描写，这是《西游记》神话故事的开端。

　　此后玄奘取经的故事在社会不断流传，神异的色彩越来越浓厚。最终越来越神化的玄奘游学取经的故事在明代文学家吴承恩的笔下变成了神魔小说《西游记》。这部神魔巨著向人们展示了一个绚丽多彩的神魔世界，在多方面都取得了巨大的艺术成就。

　　《西游记》艺术想象奇特、丰富、大胆。孙悟空活动的世界，有光怪陆离的天上神国，有幽雅宁静的佛祖圣境，有阴森可怕、鬼哭狼嚎的阴司冥府，有碧波银浪翻滚、瑶草奇花不谢的洞天福地，也有富丽辉煌水晶般的龙宫……总之，真是千奇百怪，丰富多彩。

　　作品富有浪漫主义，其丰富浪漫的幻想并不是天马行空，而是源于现实生活，并在奇幻的描写中折射出世态人情。

　　除了奇异的想象，《西游记》还具有巨大的趣味性。虽然取经路上尽是险山恶水，妖精魔怪层出不穷，充满刀光剑影，师徒四人的胜利也来之不易，但总是轻松的，充满愉悦，紧张感是有的，但没有沉重感。这就得益于作品营造的趣味性。

作品的语言也十分有特色，作者通过夸张、幻想、变形、象征等手法，开拓出一个变幻奇诡、光怪陆离的艺术境界。

作品中人物的对话幽默诙谐，趣味横生，十分符合人物形象和人物性格的塑造，孙悟空的语言总是那么简洁、明朗、痛快，充满豪爽而又快乐的情绪，而猪八戒的语言总是趣味横生，处处都表现出他那呆头呆脑却又自作聪明的性格特征。

《西游记》开拓了神魔小说的新领域，它以完美的艺术表现，使神魔小说这一小说品种趋于成熟，进而确立了神魔小说在长篇小说中的独立地位。

《西游记》对后世的影响是巨大的，在它的启迪下，明清两代涌现出了一大批神魔小说，其故事还被搬上了戏曲舞台，久演不衰。

阅读链接

《西游记》的作者吴承恩出身于一个世代书香而败落为小商人的家庭。他自幼聪慧，喜好搜集奇闻异事。他曾经希望以科举博取功名，然后屡试不第，直到1550年，才补为岁贡生，曾是南京国子监的太学生，后担任了长兴县丞这一小官，晚年归居乡里，贫老而终。

坎坷的人生遭遇，使吴承恩对现实有着深刻的认识；丰富的宗教知识使他对人生有着哲理的参悟；好奇的读书趣味使他对艺术有着独特的追求；而和善的性格又使他对理想有着乐观的向往。这些多重因素使他在写出了《二郎搜山图歌》愤世嫉俗的诗篇的同时，又创作出《西游记》这部神奇浪漫的神魔巨著。

《封神演义》及神魔小说

在《西游记》之后,还有一部神魔小说广为流传,很受人们的欢迎,这就是长篇章回小说《封神演义》。其原型最早可追溯至南宋的《武王伐纣白话文》,同时参考了《商周演义》《昆仑八仙东游记》,以姜子牙辅佐周文王、周武王讨伐商纣的历史为背景,描写了阐教、截教诸仙斗智斗勇、破阵斩将封神的故事。

《封神演义》约成书于明穆宗隆庆至明神宗万历年间,是民间创作和文人加工相结合的产物。全书篇幅巨大、幻想奇特。故事从女娲降香开书开始,到周武王姬发封列国诸侯结束。其中的哪吒闹海、姜子牙下山、文王访贤、三抢封神榜、众仙斗阵斗法等情节,展现了丰富的想象力。

作品在进行环境描写时,突破了堆砌辞藻的韵语程式,用清新流畅的散文笔调,写出了不重复的自然环境,同时又交融着人物的感情,富有意境。小说在人物描绘上也有一定的成就,比如突出了妲己的阴险残忍、闻仲的耿直愚忠、申公豹的恶意挑拨等。

小说的很多情节叙述得相当曲折生动，如"哪吒闹海"这一情节，叙述起来层次分明，高潮迭起，同时也表现出哪吒由天真顽皮到勇武斗狠的性格发展过程。

除《封神演义》外，在《西游记》的思想、艺术的启发和感染下，一批《西游记》的续书得以涌现，主要包括《后西游记》《续西游记》《西游补》《天女散花》等。其中《续西游记》100回，是明人编纂。书的内容是写唐僧师徒在西天取到真经以后，保护经卷送回长安的经历。

■ 《封神演艺》故事插图

由于据说经卷能消灾去祸，增福延寿，因此妖魔都想得到"真经"。为了保护经卷，佛祖特命灵虚子与比丘僧暗中护送。有去时的艰险，必然也有回来时的磨难。作者在写这个故事时也下了一番苦心，充分发挥了艺术的想象。

《西游补》16回，作于1640年，叙述唐僧师徒离开火焰山后，孙悟空化斋被情妖鲭鱼精所迷，渐入梦境，当了半日阎罗天子，曾用酷刑审问秦桧。后在虚空主人的呼唤下，醒悟过来，回到师父身边，继续西行。初看起来，《西游补》很像《西游记》中的一难，实际上是节外生枝，自成格局。全书16回，有14回半在写孙悟空的梦境，而梦中的行者与《西游记》

哪吒闹海 民间传说中的神话故事，也是《封神演义》中的一个故事，说的是托塔李天王的第三个儿子哪吒见东海龙王三太子肆虐百姓，挺身而出，打死龙王三太子。东海龙王勃然大怒，随即兴风作浪，惹得哪吒大闹东海，砸了龙宫，捉了龙王。

《东游记》插图

中的行者并不合拍,这是作者有意铺叙,精心构造的"鲭鱼世界"。

作品情节荒诞,文笔诙谐,对晚明社会的世情世相作了深刻的批判和讽刺,具有很高的思想价值。在所有《西游记》续书中,《西游补》最有特色,成就最高。

除《封神演义》和《西游记》外,明代神魔小说还有《平妖传》《东游记》《南游记》《北游记》《三宝太监西洋》等。

《平妖传》是我国小说史上第一部长篇神魔小说,可谓神魔小说这一影响巨大的小说流派的先声。小说讲述的中心事件是宋代的王则起义,作者罗贯中根据历史事实的民间传说以及市井流传的话本进行整理,编成《三遂平妖传》。

到了明万历年间,通俗文学家冯梦龙从长安城购得罗贯中的20回本,亲自改编增补,广泛吸收民间的妖异故事,以丰富小说的内容,编成《新平妖传》。《新平妖传》多写人间妖异事件,少谈方外神仙鬼怪。在书中看到的不是天宫地府,而是活生生的社会,从中可以了解到许多元明时代的风俗人情。

《东游记》又名《上洞八仙传》，2卷58回，是写铁拐李、汉钟离、吕洞宾、蓝采和、何仙姑、韩湘子、曹国舅等八仙的故事。小说结构粗疏，各回长短不齐，短的不足500字，长的约3000多字。

《南游记》和《北游记》均是明晚期书商余象斗所编。《南游记》又名《五显灵官大帝华光天王传》，4卷18回，讲述的是佛门弟子华光的奇妙故事。《北游记》又名《北方真武玄天上帝出身志传》，4卷24回，讲述的是天上玉帝投胎转世，历尽风波，累世修行，终成正果的故事。

《三宝太监西洋》又名《三宝开港西洋记》《三宝太监西洋记通俗演义》，简称《西洋记》。

《三宝太监西洋》的原型是明代永乐年间宦官郑和七次奉命下"西洋"的史实。作者将其描绘成神魔小说，希望借此激励明代君臣勇于抗击倭寇，重振国威。

> **阅读链接**
>
> 对于《封神演义》的作者有三种说法：
>
> 第一种说法是据明舒载阳刻本《封神演义》卷二题署"钟山逸叟许仲琳编辑"，可推知，此书原本为明朝小说家许仲琳撰写。
>
> 第二种说法是据清籍《传奇汇考》卷七"《顺天时》传奇解题"道：《封神传》传系元时道长陆长庚所作。这里的元时是明时的误写。
>
> 第三种说法是清梁章钜《归田琐记》卷七"封神传"中道：昔有士人罄家所有，嫁其长女者，次女有怨色，士人慰曰："无忧贫也"……演为《封神演义》，以稿授女。梁章钜称"士人"是"前明一名宿"。
>
> 在这三种说法中，前两种说法影响较大，一般刊印《封神演义》还是署名为明人许仲琳，但不能据此否决作者为陆长庚之说。

白话短篇小说的典范之作

《二刻拍案惊奇》插图

宋元小说话本凭借其通俗流畅的特点,受到广大市民的欢迎,话本小说的影响由此更为扩大。进入明朝,明代的一些文人对流行于民间的宋元话本进行搜集、整理、加工出版,刊行于世。

在众多的明代白话短篇小说中,成就最高、影响最大的当属冯梦龙的"三言"和凌濛初的"二拍"。特别是"三言"的艺术成绩最高,达到了古代白话短篇小说的最高峰。

"三言"是短篇小说集

《喻世明言》《警世通言》《醒世恒言》的总称，每集收录短篇小说40篇，共120篇。其中多数是经过作者润色的宋元明话本和明代文人的拟话本，而作者自己创作的作品较少。"二拍"指《初刻拍案惊奇》和《二刻拍案惊奇》。《初刻拍案惊奇》共40卷40个短篇小说。《二刻拍案惊奇》也是40卷。

"三言"的作者是冯梦龙，江苏省苏州人，出身士大夫家庭。其哥哥梦桂擅长画画，弟弟梦熊擅长写诗，兄弟三人并称"吴下三冯"。"二拍"的作者是凌濛初，与冯梦龙生活在同一时代，浙江吴兴人。18岁补廪膳生，后科场一直不如意。55岁时，以优贡授上海县丞。

"三言"题材众多，内容广泛，其内容主题有反映爱情婚姻的，有痛斥腐败官吏的，还有谴责忘恩负义、以怨报德的，还有描写市井百姓和商人生活的，包罗万象。它不仅反对封建婚姻制度，更提倡一夫一妻，极度痛斥那些喜新厌旧、嫌贫爱富的人。

"二拍"是"三言"之后最有代表性的白话短篇小说。里面也有众多反映爱情婚姻主题的内容，也提出了和"三言"类似的新的爱情观念，如对封建婚姻中男女关系的不平等提出异议，要求男女平等，

《三言两拍》插图

另外，还高度赞扬了为争取人格的尊严而进行的不屈不挠的斗争。

"三言""二拍"是由宋元小说话本直接发展而来，因此在艺术上保留了不少小说话本的特色，如叙述方式、结构体制、语言的运用和提炼等，都继承了小说话本的优良传统。

"三言""二拍"在艺术上又有很多新的发展，在突显人物性格时，善于在典型环境中塑造典型人物，按照人物的性格安排设计故事冲突。细节描写可谓细致入微，使人物形象变得立体丰满，有血有肉。在语言方面，"三言"和"二拍"的语言更加通俗流畅，含蓄生动。"二拍"中的作品，多是由凌濛初加工、润色、改编、扩大，由数十字而变成了数千字的结构完整的小说的，语言独创色彩较浓厚。

宋元白话小说也有着较为到位的心理描写，但动态有余而静态不足，"三言"和"二拍"则弥补了这个不足，人物形象更富有立体的质感。除了"三言"和"二拍"之外，明代还有许多白话短篇小说，它们也取得了一定程度的突破，对明代白话短篇小说的全面繁荣起到了重要的作用，书写出白话短篇小说的辉煌篇章。

阅读链接

"三言"的作者冯梦龙是个多才多艺的大家，他毕生从事戏曲、民歌和白话小说等通俗文学的搜集、整理、创作和编辑工作，著作丰富，涉及通俗文学的各个方面。在小说方面，除"三言"外，还增补和改编了长篇小说《平妖传》《新列国志》等。选编了以男女之情的故事为主要内容的文言笔记小说集《情史类略》。

冯梦龙创作的戏曲作品有《双雄记》《万事足》两种，还改编了别人的剧本8种，合称《墨憨斋新曲十种》。刊行的民歌集有《桂枝儿》《山歌》两种，还编印有《古今谭概》。

在众多的著作中，以"三言"的影响最大，他不仅对小说话本的传播起到了重要的作用，而且直接推动了拟话本的创作。

世情小说里程碑《金瓶梅》

世情小说是古典白话小说的一种,又称为人情小说、世情书等。世情小说叙写的种种情事,描写的人物,都是看得见、摸得着的,贴近人们的真实生活。由于这类小说将人们身边的世态人情刻画得非常形象、透彻,所以得到了很多成年人的喜爱。

我国古代小说中早有写人情的传统,在魏晋小说中,虽然主体是"记怪异",但也有些故事"渐

《金瓶梅》插图

"近于人性"，表现恋爱婚姻的理想，如《吴王小女》《韩凭夫妇》等。进入唐朝，以恋爱婚姻为题材的小说代表了唐传奇的最高成就，《莺莺传》《霍小玉传》《柳氏传》等是其杰出的代表。

但真正的世情小说主要是指宋、元以后古典白话小说中内容世俗化、语言通俗化的这类小说。这类世情小说在明代得到迅速发展并开始流行。明

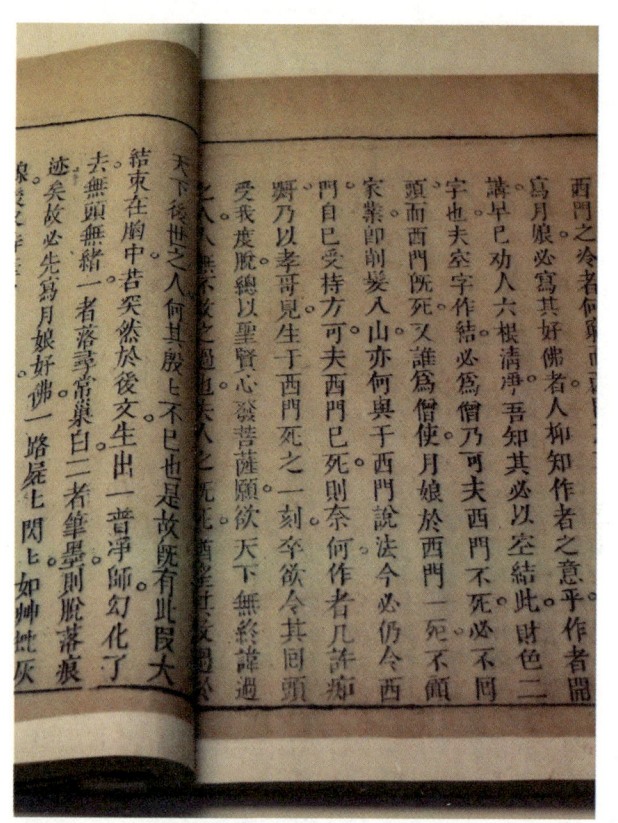

■《金瓶梅》书影

代世情小说的迅猛发展有着深刻的社会因素，明代正德、嘉靖年间，经过了100多年的休养生息，经济有了很大的发展，尤其是商品经济的发展，已超过了以前的任何一个时代。

从小说内部的发展情况看，早在元明之交，侠义公案、历史演义小说便迎来了自己的高潮。明代嘉靖年间，神魔小说也达到了高峰。侠义公案、历史演义、神魔小说的迅速发展，必然刺激世情小说的成长。同时，这些小说的创作经验为世情小说所吸收。

《金瓶梅》揭开了世情小说的帷幕，成为我国第一部长篇世情小说，可它并非源自短篇人情话本，而是直接源出于《水浒传》这部"讲史"的长篇小说。

侠义公案 中国古代小说的一类，原分为侠义、公案小说，至清代二者合流，出现了侠义公案小说。侠义小说是以侠客、义士的故事为题材的作品。公案小说是以办案为题材的小说。最具代表性的侠义公案小说有《三侠五义》《施公案》《彭公案》《续侠义传》《小五义》等。

《金瓶梅》由《水浒传》中世情味极浓的"武松杀嫂"一段引发，说是当日武松去杀西门庆，其实并没有得手，只是杀了个为西门庆通风报信的衙役李外传，武松因此被发配孟州。接下去便叙述了西门庆的糜烂生活史、家庭盛衰史、妻妾争风吃醋争权夺宠史，由此展现出明代中期的社会风情画卷。

《金瓶梅》的作者洞悉当时的社会，也许深深体味过世态的淡薄炎凉，故而写出了这部深刻反映世相的作品。作者在作品中塑造了3个典型女性，却又把她们送上了死亡的道路。作者满怀对前程的黯淡感，因此在作品中充满了黑暗、丑恶，充塞了各式各样的坏人、恶人。

《金瓶梅》是古代小说发展中的里程碑，为我国古代小说的发展做出了历史性的贡献。它从取材于历史转为取材于现实生活。它虽然还假托往事，虽然还不能完全摆脱历史的影子，但实际上主要是写现实生活，这是古代长篇小说题材转变的标志。

在《金瓶梅》之前，古代小说着重写朝代兴衰、英雄争霸，借此来反映朝廷的兴衰、历史的盛衰，艺术表现方法是以大见大。

《金瓶梅》取材于一个家庭的兴衰，描写市井人物的日常生活，以此来反映时代和社会的变迁，艺术表现实现了由小见大，这就使作品与现实生活与

《金瓶梅》插图

普通百姓的距离更近了，现实感和时代感更加鲜明了。

也正是由于题材的变化，作品改变了过去用惊心动魄的故事和传奇性的细节刻画人物的方法，对日常生活场景作细腻的描写，用生活细节来描写刻画人物性格。

《金瓶梅》塑造人物非常成功，它用生活场景和细节描写刻画人物性格；用白描手法描写人物神态；通过别人的议论介绍人物特征；透过室内陈述来衬托人物性格；用个性化的语言表现人物性格等，丰富了塑造人物形象的艺术手段，积累了艺术经验。

《金瓶梅》还善用讽刺手法，具有讽刺文学的性质，它常用白描手法，如实地把人物言行之间的矛盾不动声色地描写出来，达到了"戚而能谐，婉而多讽"的效果。

《金瓶梅》以前的长篇小说都是从"说话"演变而来的，受说话艺术的影响，重故事性，是一个个故事串联起来的，但是《金瓶梅》仍采用章回小说形式，从生活的复杂性出发，发展成网状结构，其特点不在于情节曲折离奇，而在于严密细致，情节自然展开。

阅读链接

《金瓶梅》的抄本已遗失，现在可以见到的刻本，有两个系统三种重要版本。《金瓶梅词话》100回，万历时期的刻本，卷首有欣欣子序。序云："窃谓兰陵笑笑生作《金瓶梅传》，寄意于世俗，盖有谓也。"首次提出兰陵笑笑生是《金瓶梅》的作者。

《新刻绣像金瓶梅》或《新刻绣像批评原本金瓶梅》，100回，崇祯时期刻本，卷首有弄珠客序，但无欣欣子序。

《张竹坡批评金瓶梅》100回，1695年刊刻，无欣欣子、东吴弄珠客序，却有谢颐序。张竹坡的评论，特别是《读法》一百零八条，包含了不少真知灼见，是研究《金瓶梅》的重要材料，对我国古代小说理论做出了重要贡献。

百花齐放 清代小说

继明代之后,小说在清代又迎来了一个创作和传播的高峰时代。清代是我国古典小说盛极而衰并向近代小说、现代小说转变的时期。清代小说反映了广阔的生活面,样式丰富多彩,具有"千帆竞秀"的艺术特点。

清代顺治、康熙年间,一批才子佳人小说和家将小说问世,《红楼梦》是集大成者。清代雍正、乾隆时期,以《儒林外史》为代表的古代讽刺小说问世。文言小说的巅峰之作《聊斋志异》也在此期间面世。

世情小说的顶峰《红楼梦》

世情小说发展到清朝,又有了进一步的发展,并且达到了顶峰,这顶峰就是《红楼梦》。《红楼梦》是世情小说的集大成者,也是我国古代小说的艺术最高峰。

小说以荣国府的日常生活为中心,以宝玉、黛玉、宝钗的爱情婚姻悲剧及大观园中点滴琐事为主线,以金陵贵族名门贾、史、王、薛四大家族由鼎盛走向衰亡的历史为暗线,展现了穷途末路的封建社会终将走向灭亡的必然趋势。

《红楼梦》成书于18世纪中叶的乾隆时代。原著

曹雪芹雕像

《红楼梦》插图

120回,前80回为曹雪芹著,后40回为无名氏续写,据说为清代文学家高鹗续撰。《红楼梦》原名为《石头记》,《石头记》的前身为《风月宝鉴》。《风月宝鉴》是《红楼梦》的初稿,是曹雪芹早年所写。

曹雪芹,名霑,雪芹是他的号。康熙登基后,曹雪芹的曾祖曹玺因妻孙氏曾为康熙乳母,得任江宁织造。自此,历经祖父曹寅,父辈曹颙、曹𫖯,凡3代4人占据这一要职达60年之久,康熙一生6次南巡,有5次以曹家的江宁织造署为行宫,曹家这段时期堪称"鲜花着锦之盛"时期。

1727年,江宁织造曹𫖯以"行为不端,织造款项亏空甚多"的罪名被籍没家产,遣返北京。曹家由此败落。在家境的这种急剧变化过程中,曹雪芹深有感

织造 明清时期于江宁、苏州、杭州各地设专局,织造各项衣料及制帛诰敕彩缯之类,以供皇帝及宫廷祭祀颁赏之用。明于三处各置提督织造太监一人,清改任内务府人员,称织造。也是纺织技术的专业术语,指将经、纬纱线在织机上相互交织成织物的工艺过程。

■《红楼梦》人物塑像

绛珠草 曹雪芹在《红楼梦》中原创的一个角色,绛珠也就是红色的珠子,暗示着血泪,寓示着林黛玉好哭的性格和悲惨的结局。绛珠草,东北俗名红菇娘儿,随处可见,常生于荒坡野草间,婷婷独立。果实绛红鲜艳,圆润饱满,酸甜味美。

触地撰写了《风月宝鉴》这部描写都市贵族青年爱情的言情小说。《风月宝鉴》以"风月之情"为主要线索,以戒淫劝善为基本思想。

《红楼梦》的故事是从神话开始的。说远古时候,女娲炼石补天,留下一块顽石未用,一直丢弃在青埂峰下。这块顽石经年累月吸收日月精华,最终有了灵性。

灵石恳求仙人茫茫大士和渺渺真人,送他到人间去享受一番红尘繁华。两位仙人经不住恳求,便将他幻化缩小成一块可佩带可拿的"通灵宝玉",并将宝玉送到太虚幻境警幻仙姑之处。

这个时候,赤瑕宫的神瑛侍者以甘露之水浇灌西方灵河岸上三生石畔行将枯萎的绛珠草,使仙草成活下来,最终修成女形。神瑛侍者想要下世为人,绛珠草感念他的灌溉之恩,发誓用一生的眼泪来偿还他,遂跟随他下凡。

那块由顽石幻化成的"通灵宝玉"也由神瑛侍者带入红尘。不知过了几世几劫,空空道人路过青埂峰,见一块大石头上刻有字迹,便从头到尾抄下,后经曹雪芹批阅增删,才成此书。

红楼梦是一部具有高度思想性和艺术性的伟大作品,作为一部成书于封建社会晚期、清朝中期的文学作品,该书系统总结了中国封建社会的文化、制度,对封建社会的各个方面进行了深刻的批判,并且提出了朦胧的带有初步民主主义性质的理想和主张。

从风格上看,《红楼梦》虽是叙事文学,却创造性地吸收和运用了古代诗歌、绘画等的艺术手法,使小说充满了诗情画意。

这既表现在一些优美动人的场景构思中,如宝玉黛玉共读《西厢》、黛玉葬花、宝钗扑蝶、晴雯补裘、湘云醉卧芍药裀、宝琴立雪、黛玉焚稿等,还表现在人物塑造上。作者对他所钟爱的人物,往往赋予其诗的气质。

《红楼梦》插图

《红楼梦》具有整体象征性，即把象征性意象扩大为整个形象体系。整体象征是把作者的情绪、感受以至人物的遭遇、命运等都浸透到象征中去，从而构成一个有骨架、有血肉的整体象征体系。

《红楼梦》在艺术结构上也是匠心独运的。它把如此众多的人物和纷繁、琐碎的生活细节组织在一起，既纵横交错，筋络连接，又线索清楚，有条不紊。

小说的语言也很富于表现力。它全面继承了汉语语言文学的优良传统，把文言、白话及韵文、散文、骈文等熔于一炉，典型地体现了18世纪中叶汉语的面貌。

《红楼梦》在思想内容和艺术技巧方面的卓越成就，使它被公认为我国古代小说的顶峰。后世研究这部小说的著作不可胜数，成为一门独特的学问——"红学"。

《红楼梦》之后，虽然仅《红楼梦》的续书就出现了十余种，但思想境界、艺术水平都远逊于原书。

阅读链接

曹雪芹性格孤傲，且愤世嫉俗、豪放不羁，才气纵横。他取号"梦阮"，明显表现出对阮籍的追羡之意。阮籍喜欢老庄风格，曹雪芹也得其精髓。阮籍喜欢喝酒，曹雪芹也是"举家食粥酒常赊"。阮籍经常被人"谓之痴"，曹雪芹也常被人称为"疯子"。他的才气令时人惊叹。

繁华过后，留下了不尽的沧桑。晚年，曹雪芹移居北京西郊，生活更加困苦，"举家食粥"，他以坚忍不拔的毅力，专心致志地从事《红楼梦》的写作和修订。

1762年，他的幼子夭折，他陷于过度的忧伤和悲痛之中。他的悲剧体验，他的诗化情感，他的探索精神，他的创新意识，成就了伟大的《红楼梦》，从而把古典小说创作推向了高峰。

文言小说的高峰《聊斋志异》

清代的文言小说可谓浩如烟海,非常繁多,这一时期也是文言小说最后的繁荣时期,有3种情况,一是清代初期文言小说的繁荣,代表作品为《聊斋志异》;二是清代中期受《聊斋志异》影响而创造的诸多小说;三是清代中期的《阅微草堂笔记》及受它影响的小说创作。

清代初期,文言小说异常繁荣,蒲松龄在前人的基础上不断吸收传统文学营养,以传奇的笔法写志怪,成就了文言小说的高峰之作《聊斋志异》。《聊斋志异》代表了我国文言小说的最高成就。

蒲松龄画像

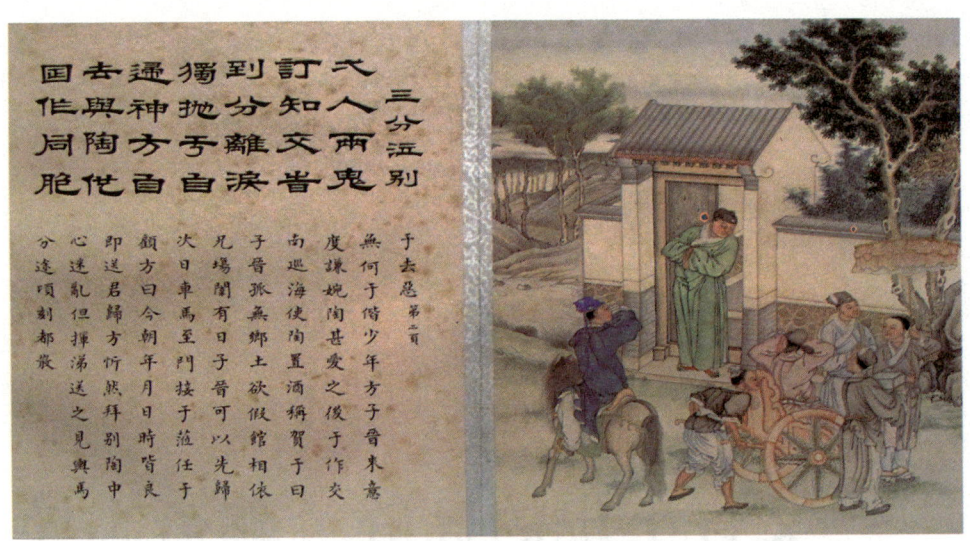

■《聊斋志异》插图

童子试 科举时代参加科考的资格考试，亦称童试，分为"县试""府试""院试"三个阶段。县试在各县进行，由知县主持。清代时一般在每年农历二月举行，连考五场。通过后进行由府的官员主持的府试，在农历四月举行，连考三场。通过县试、府试的便可以称为"童生"，参加由各省学政或学道主持的院试。

蒲松龄，字留仙，一字剑臣，别号柳泉居士，世称聊斋先生，自称异史氏，山东淄博人。他出身于一个逐渐败落的中小地主兼商人家庭。19岁应童子试，接连考取县、府、道3个第一，名震一时。补博士弟子员。以后屡试不第，直至72岁时才成岁贡生。

蒲松龄对科举制度的不合理深有感触并深恶痛绝。他用毕生的精力完成了《聊斋志异》的创作。《聊斋志异》共8卷、491篇，40余万字。

《聊斋志异》体裁大体分为两类，一类类似于笔记小说，篇幅短小，记述简要。另一类近似杂录，写作者亲身见闻的一些奇闻异事，具有素描、特写的性质。大部分作品是具有完整的故事、曲折的情节、鲜明的人物形象的短篇小说。

作品内容丰富多彩，故事多采自民间传说和野史轶闻，将花妖狐魅和幽冥世界的事物人格化、社会化，充分表达了作者的爱憎感情和美好理想。

众多的作品中，以描写爱情主题的作品数量最多，作者主要是出于对遭受封建礼教压迫的青年男女的同情，因此，在作品中赞颂了青年男女对婚姻幸福生活的热烈追求。

在描写爱情婚姻题材的作品中，作者塑造了许多聪明美丽、热情善良，敢于反抗传统礼教束缚的女子形象，她们爱憎分明，对美好的事物有着热烈的向往和追求。

作品还对腐朽落后的科举考试进行了激烈的抨击，他塑造了一批有真才实学而屡试不中的知识分子形象，并对他们报以深深的同情。而对那些徇私舞弊的主考官进行了深恶痛绝的斥责和无情的鞭挞。

此外，作者对那些利欲熏心、热衷功名、精神空虚的名利之徒也进行了辛辣的嘲讽，深刻地批判了在科举制度下培养出来的封建士子的丑恶灵魂。

《聊斋志异》的另一重要主题是揭露、谴责贪官污吏、恶霸豪绅的罪行，抨击黑暗的封建官僚政治。在这类作品里，作者根据自己的亲身见闻和深切感受，以犀利的笔锋，触及封建政治的各个方面，深刻反映了封建社会的矛盾，表达了对人们疾苦的同情。

《聊斋志异》在艺术上代表着文言短篇小说的最高成就，它博采历代文言短篇

科举考试 隋唐至清代的封建王朝分科考选文武官吏及后备人员的制度。隋代以前采用的是世袭制和九品中正制选拔官员，这些制度导致出身寒门的普通人无法步入仕途，隋代开始改为科举制，使得任何参加者都有成为官吏的机会。清代科举考试逐渐僵化，被称为八股文，后废除。

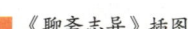
■《聊斋志异》插图

小说以及史传文学艺术精华,用浪漫主义的创作方法,造奇设幻,描绘鬼狐世界,从而形成了独特的艺术特色。

《聊斋志异》在对唐代传奇情节曲折、叙写委婉、文辞华丽等成功的继承上,又有了超越,具体表现在:一是从故事体到人物体,注重塑造形象;二是善用环境、心理等多种手法写人;三是具有明显的诗化倾向。

《聊斋志异》情节离奇曲折,富于变化。作者每叙一事,都力求避免平铺直叙,尽量做到有起伏、有变化、有高潮、有余韵,一步一折,变化无穷。故事情节力避平淡无奇,尽量做到奇幻多姿,迷离惝恍,奇中有曲,曲中有奇。

《聊斋志异》的情节,还具有神奇、虚幻的特点,充满着浪漫主义的丰富想象,其中凝聚着作者鲜明的爱憎与进步的思想。虽然属于浪漫主义,实际上是曲折地反映了社会的现实生活。

作者善于运用多种手法塑造个性鲜明的人物形象。在刻画人物时,或通过人物的声容笑貌和内心活动,或通过准确的细节描写,往往寥寥数笔便能形神兼备。

作者在人物形象的塑造上,还能做到充分的个性化,众多的人物形象,大都具有自己独特鲜明的个性特征。另外,作者还十分善于提炼和组织

《聊斋志异》插图

真实而富于艺术表现力的生活细节,来刻画有血有肉的人物形象。作品中,通过生活细节塑造人物形象的地方俯拾皆是,非常成功。

《聊斋志异》虽然是用文言文来写作完成的,但并不让人感到晦涩难懂,它继承了我国文言文的精练、简洁、准确、生动等优良传统,并从口语中提炼出大量清新隽永、诙谐活泼的富有表现力的语言,因此,语言显得简洁精练,丰富多彩,富有表现力。

■ 《聊斋志异》插图

阅读链接

《聊斋志异》问世以后,影响十分广泛,模仿之作也纷纷出现,虽然这些仿作的成就都不如《聊斋志异》,但是也各有特色。

这些作品大多数诞生于清代乾隆至光绪年间。乾隆年间的作品主要有沈起凤的《谐铎》、邦额的《夜谭随录》、浩歌子的《萤窗异草》;嘉庆、道光年间主要有冯起凤的《昔柳摭谈》、管世灏的《影谈》等;同治、光绪年间主要有宜鼎的《夜雨秋灯录》、王韬的《遁窟谰言》《淞隐漫录》等。其中比较著名的是沈起凤的《谐铎》、浩歌子的《萤窗异草》和宜鼎的《夜雨秋灯录》。

武侠公案小说发展及成果

武侠与公案小说，在我国小说史上是独立发展而关系密切的两个流派。清中叶以后，逐渐合在一起，成为武侠公案小说。武侠小说以豪侠仗义行侠为主要内容，歌颂重义尚武、扶困济危的侠客。

汉代《史记》中的《刺客列传》《游侠列传》是较早的武侠小说。唐代武侠题材的传奇很多，如《红线》《昆仑奴》等都属此类。

宋元话本中的"朴刀""杆棒"和部分"说公案"类的作品也属于武侠小说的范畴。在章回小说大行其道的明代，武侠小说却并不发达，仅在《水浒传》等英雄传奇中含有武侠成分。

公案小说主要描写清官断案的故事，歌颂刚正不阿、清明廉洁、执法如山、为民申冤的清官。魏晋志怪和唐代传奇中，已有公案小说。宋元时期，是公案小说的转折期。当时的说话艺术中，就包括"说公案"一类。如《错斩崔宁》《简帖和尚》等都是公案小说。

这些作品通常以叙述冤案的发生经过为主，对含冤受屈者的不幸命运寄予深厚的同情。作品中的清官判案，往往有一个使案情大白的

■《施公案》戏曲年画

结尾。作品的视角集中在受害者身上，而不在于歌颂清官的明断。

五代以来，还有一类公案书很流行，如《疑狱集》《折狱龟鉴》《名公书判清明集》等，它们的主要目的是收录一些著名官吏明敏断案、平反冤狱的记载和有关判词，供为官判案时参考。

宋元公案小说也有承袭这种形式，专述官吏断案及判词巧妙、诙谐的，如《醉翁谈录》所载《私情公案》和《花判公案》即属此类。

明代万历年间至明末出现了一大批公案小说，如《百家公案》《廉明公案》等，也是沿着这条线索发展下来的。

它们大多先叙案情，再记诉状，后录判词。案件内容大多是民间民事案件，如奸淫盗窃等。结构上虽

朴刀 我国古代的一种冷兵器。朴刀是大刀的一种，它是一种木柄上安有长而宽的钢刀的兵器。在使用时，两手握住刀柄，像使用大刀那样，利用刀的刃部和刀本身的重量来劈杀敌人。

《三侠五义》塑像

有以章回小说形式出现的，实际上多为短篇故事集。

公案小说中影响最大的是《龙图公案》，现存清代初期刊本，叙述宋朝龙图阁直学士、开封府知府包拯断案的故事。共有百则，两则为一组，而其实互不相关，它们从不同角度塑造了正直无私、断狱如神的包公形象。情节往往比较曲折，语言文白相间，通俗浅近。

清代著名说书艺人石玉昆在《龙图公案》的基础上，讲说包公断案的故事，极受欢迎，所述内容被整理为《龙图耳录》。以后，又有人对此重新编订，改名为《三侠五义》。

《三侠五义》前半部以众侠义辅佐包公办案为主要内容，后半部以众侠义辅佐颜查散巡按襄阳为主要内容，是公案小说与武侠小说合流的代表作。书中包拯被塑造成一个铁面无私、廉洁公正的"青天大老爷"。他不畏权贵，秉正除奸，深得万民感仰、圣上信赖。

小说还描写了一群武艺奇绝、神出鬼没的侠客形象。最突出的是南侠展昭和锦毛鼠白玉堂，两人都身负绝世惊人之技，具有行侠仗义之心。作品以第三人称铺叙为主，又时时以说书人的口吻点拨几句，或状物叙事，或剖情析理，直接与读者交流，使读者恍在书场听讲，印象格外深刻。

清代中叶以后，公案小说与武侠小说合流已成趋势。除《三侠五义》外，影响较大的还有《施公案》《彭公案》等，这些作品规模都很大，而且一续再续。此后，公案方面的内容减弱，而武侠小说则至今层出不穷，蔚为大观。

《施公案》成书于晚清时期。以施仕纶为原型，曾任泰州、江宁知府、漕运总督等官。民间广泛流传施仕纶为民申冤、平反冤狱的故事。这些故事后经人加工整理而成此书。书中大小十余案，大都靠托梦显灵、鬼神鉴察来解决，灵怪色彩浓郁。

《彭公案》20卷100回，清代光绪时期刊本。彭公，是清代康熙年间的清官之一。《彭公案》以康熙年间彭朋出任三河县令、升绍兴知府、授兵部尚书查办不同事务为线索，叙述李七侯、杨香武等一班侠客协助他惩恶诛奸的故事。

阅读链接

《龙图公案》中的主角是北宋清官包拯。包拯做官以断狱英明刚直而著称于世。他为人刚直，既不两面三刀，更不会搞阴谋。他从不趋炎附势，看颜色行事，更不说大话、假话。即使是在皇帝面前，他也是直言不讳，不怕冒犯皇帝。

包拯的无私远近闻名，即使是自己的亲戚犯了法，他也是执法如山。包拯刚直，却并不主观武断。他既善于调查研究，又乐于听取别人的意见，他的脸上很少有笑容，但当别人指出他的错误时，却能虚心接受。所以司马光称道他"刚而不愎，此人所难也"。

包拯虽然官居高位，却大公无私，不谋私利。他一生俭朴，即使是当了官，有了地位，衣食住行及生活习惯也和普通老百姓差不多。因此，包拯成为人们心中大公无私、铁面无私的"青天大老爷"。

谴责小说的兴起和代表作

晚清时期，清朝政府统治阶级腐败无能，社会黑暗，人们生活困苦，精神空虚，思想先进的作家怀着变革的强烈愿望，试图用小说创作解答社会与人生的一系列问题，探求由乱致治、安邦定国的方法。

清代官员蜡像

谴责小说就是在这种情况下诞生的，因此具有深刻的时代内涵。在晚清的十余年间，谴责小说出版得特别多。主要有以下几方面原因：

一是时代的需求，人们对社会政治不满，一些谴责小说正好投合读者要求抨击时弊的心理。

二是印刷术发展迅速，促使书刊大量印行。一些书

■ 清代官员图

报成为刊载小说的园地，转过来要求作者提供更多的小说作品。

三是受国外文化的影响。一些国外作品的输入以及理论的灌输，给晚清作者以新的养料，同时也刺激了他们的小说创作。

四是维新派的小说界革命从各方面肯定了谴责小说的价值，鼓励作家从事创作。维新派的人也以小说作为改良社会的工具，唤起国人的觉醒。

谴责小说紧密联系时政，揭露官场丑态，抨击社会黑暗，讽刺手法的运用比《儒林外史》更尖刻。比较有名的作品有李伯元的《官场现形记》、吴趼人的《二十年目睹之怪现状》、刘鹗的《老残游记》和曾朴的《孽海花》。

李伯元，字宝嘉，号南亭亭长，江苏武进人，毕生从事小说创作和报刊编辑工作，在晚清报界文坛颇负盛名。《官场现形记》是他的代表作。全书共60

讽刺手法 一种修辞手法，言辞或情景所表达表面意思与其本意相反。讽刺手法犀利有力，而且使用比较灵活，或正面进攻，或旁敲侧击；或讽刺揶揄；或正颜厉色。一般主要包括漫画法、对比法、托物法、反说法。

回，约78万字，由许多相对独立的短篇串联而成，抨击了封建社会末期的官僚制度，着力描写他们贪污腐败和媚外卖国的丑态。

小说在写作方法上仿效《儒林外史》，但又有所发展，充分运用了夸张、漫画式的讽刺手法，往往寥寥几笔就将人物的音容体态勾勒出来。同时，作者又善于描写细节，使笔下的人物生动传神，具有较强的艺术感染力。

《官场现形记》通过对黑暗世界的刻画，从吏治的角度，表现了封建统治即将崩溃的社会本质，客观上让人们认识到封建统治的腐朽。《官场现形记》连载以后，引起了当时社会的强烈反响，其后的效仿之作颇多，蔚为大观。

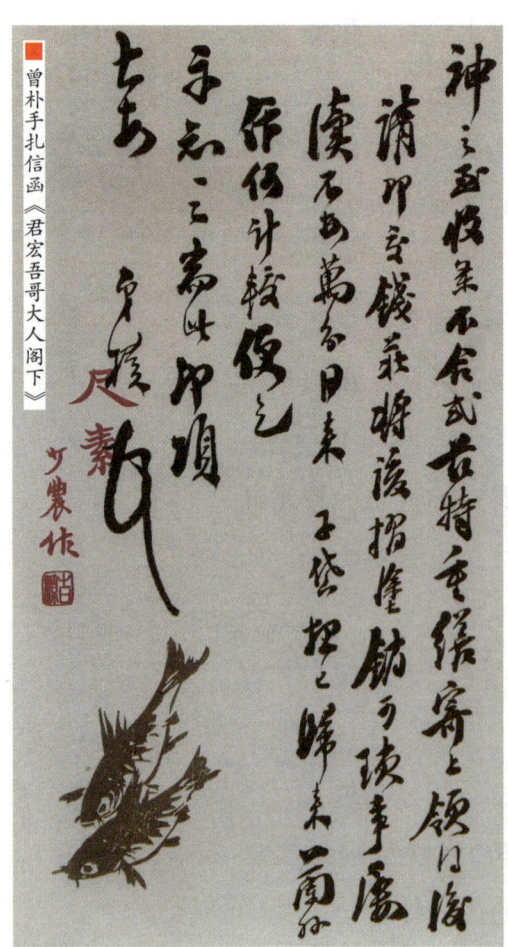

曾朴手札信函《君宏吾哥大人阁下》

吴趼人，名沃尧，广东南海人，因居佛山镇，故笔名我佛山人。吴趼人是晚清最多产的小说家，著有小说30余部，《二十年目睹之怪现状》是其中影响最大的作品。

《二十年目睹之怪现状》全书共108回，约63万字，叙述年轻幕僚九死一生在20年中耳闻目见的社会腐败、丑恶现象，描绘了一幅行将崩溃的清帝国的社会图卷。小说中描写的官吏都是卑鄙无耻之徒，他们贪赃枉法，营私舞弊，卖官鬻爵，惧怕洋人，卖国求荣。

作品还揭露和批判了封建

道德的虚伪和社会风尚的败坏。全书以九死一生为主线，将各色人物和近百年事串联在一起，对其中重要人物都有交代，显得更集中些。

《二十年目睹之怪现状》采用第一人称的方式叙述故事，结构全篇，使读者感到亲切可信，在我国小说史上开了先河。小说的结构是非常巧妙的：九死一生既是全书故事的叙述者，又是全书结构的主干线。同时又运用了倒叙、插叙等方法，将它们有机结合在一起，使全书繁简适宜，浑然一体。

刘鹗，字铁云，江苏丹徒人。《老残游记》是他最有影响力的作品。小说共20回，以一个摇串铃的江湖医生老残，即铁英为主人公，叙写其在我国北方游历期间的见闻和活动。小说对清政府腐朽黑暗、官吏的残暴昏庸、百姓的贫困交迫等，都有所揭露。其中，着重对那些名为清官、实为酷吏的虐民行为进行了有力的抨击，表达了作者对社会、国家危亡现实的强烈忧患意识。

小说的艺术成就很高。首先是高超的描写技巧，无论状物、写景，还是叙事，都能历历如绘。另外，小说中的心理描写和心理分析十分到位，能用贴切的语言，出色地展现人物的内心世界。

还有，小说的结构也很有特色，小说以游记的形式，以游历为线索，以老残为中心人物，以散文的笔法叙事状物，将沿途的所见、所闻、所思、所做有机地结合起来，形成了小说独特的结构特点。

曾朴，字孟朴，江苏常熟人。《孽海花》全书30回，前5回原为金松岑所作，后25回由曾朴续成。后来曾朴又对全书进行了修订。

《孽海花》以金雯青和傅彩云的故事为主要线索，通过当时京城内外官僚名士、封建文人的思想生活和社会风气，展现了清末的政治、经济、外交和社会生活的情况，对封建统治阶级的腐朽和帝国主义的侵略野心做了一定程度的揭露和批判。

比起其他谴责小说来，《孽海花》思想水平要高一些。它并不局限于暴露和谴责,也致力于表现新人物新思想,描写和申述了许多为国家命运而探索的进步人士和他们的改良主张,也肯定了太平军是革命军,还塑造了陈千秋、史坚如等革命男儿的形象。

在艺术形式上,作品把真实性与讽刺性结合起来,通过客观冷静的描述,把人物的面貌习气以至精神状态勾勒得绘声绘色。

在写作中,作者采用近代流行的块状小说结构,与传统的网状小说结构相结合的方式展开情节,波澜起伏,曲折感人,井然有序。

作者还工于细节描写,词采华美,寥寥数笔,就能使人物的神态毕肖。同时,还吸取了西方文学的表现手法,在叙事写人方面显示了新特点。

晚清谴责小说呈现出一派谴责小说兴盛的景象。除了李宝嘉、吴趼人、刘鹗、曾朴的作品之外,还有黄小配的《廿载繁华梦》和无名氏的《官场现形记》《苦社会》等作品,这些作品各有其特色,均不同程度地引起当时社会的反响。

阅读链接

1883年,18岁的吴趼人离家来到上海。他曾在茶馆做伙计,后又到江南制造局做抄写工作,月薪微薄。一次,吴趼人从书坊上得到半部《归有光文集》,爱不释手,由此萌发了创作小说的冲动。

1897年,吴趼人开始在上海创办小报,先后主持《字林沪报》《采风报》《奇新报》《寓言报》等。

1906年,吴趼人担任《月月小说》杂志总撰述,发表了大量的嬉笑怒骂之文。此外,他还创办了沪粤人广志小学,主持开办过两广同乡会。

1903年,吴趼人将《二十年目睹之怪现状》寄往梁启超在日本横滨创办的《新小说》杂志,立即得到提倡小说界革命的梁启超的赏识,将其发表于该刊第一卷第八期。从此,吴趼人的小说创作一发而不可收拾。